Der Mörder aus der Zukunft

von

Benjamin Raunegger

Impressum:

kontakt@benjamin-raunegger.info
https://benjamin-raunegger.info

Kapitel 1

Peter Wheller, Dr. in Physik und Chemie, war wie an jedem Morgen so auch an diesem mit seinem alten Volvo in die Uni gefahren. Er hatte sich, wieder mal zum Leid seiner Frau Ashley, eine seiner Kordhosen und ein weißes Hemd angezogen. Da es Ende September etwas kühl geworden war, zog er zusätzlich sein Lieblingssakko darüber, das an den Ellbogen Ledereinsätze hatte, da diese durchgewetzt waren. Mit seinen 43 hatte er schon grau meliertes Haar und weil er häufig Sport machte, war er körperlich in gutem Zustand. Er hatte sich vor einer Woche für den Bostonmarathon im nächsten Jahr angemeldet. Diesmal konnte er wegen einer Tagung nicht mitlaufen, aber 2024 wollte er wieder dabei sein.

Es war jetzt 10:30 Uhr und er unterrichtete einen Teil seiner Studenten in angewandter Physik. Gerade hatte er die Absicht etwas über die Brechung des Lichts zu erklären, da ging die Tür zum Lehrsaal auf und Francis Knight, einer der Leaderships der Uni, kam mit einem besorgten Gesicht herein. Die beiden waren Freunde.

„Peter, kannst du bitte mal raus kommen?“

„Was gibt es?“, fragt dieser etwas verärgert, weil er es nicht ausstehen konnte, in seinen Vorlesungen unterbrochen zu werden.

Francis hatte wiederum die Angewohnheit, einfach mal rein zu schauen, um ihn irgendwas zu fragen, wo Peter sich auskannte und er mehr seinem Fachwissen vertraute, als Google oder Wikipedia.

„Es ist wirklich wichtig, und es geht nicht anders“ konterte Francis.

Also ging er mit ihm hinaus auf den Gang. Dort standen zwei Männer in Anzügen. Kleidungsstücke von der Stange, was ihn nicht störte, aber ihm sagte, es könnten Polizisten sein. Und so war es auch. Einer der beiden zeigte ihm seine Marke und meinte: „Hallo, mein Name ist Chester Doyle, Detectiv der Bostoner Polizei, sind Sie Dr. Peter Wheller?“

„Ja“, antwortete er.

Der zweite Ermittler sprach kein einziges Wort und schaute nur teilnahmslos in die Luft. Er war der jüngere und offensichtlich in Ausbildung. Peter ging durch den Kopf: „Wenn er so teilnamslos bleibt, wird er nicht wirklich mal ein erfogreiches Gespräch führen können“.

Gleichzeitig machte er sich darüber Sorgen, was die beiden von ihm wollten. Detektiv Doyle kam gleich zum Punkt: „Herr Dr. Wheller, leider müssen wir ihnen mitteilen das ihre Frau vor einer Stunde einen tödlichen Unfall auf der Alster Street hatte.“

Peter meinte, sich verhört zu haben. Ashley soll tot sein?

„Nein, das kann nicht sein. Das stimmt nicht, das glaube ich nicht!“, kam es aus ihm heraus.

„Leider doch Herr Wheller, wir sind fast zu hundert Prozent sicher, aber Sie müssten mit uns mitkommen und bestätigen, dass es Ihre Frau ist.“, antwortet Doyle.

„Ich kümmere mich schon um deine Studenten, gehe du mit den beiden mit", hörte er Francis sagen und ging wie in Trance mit den Ermittlern mit.

Kapitel 2

Peter wurde von Detektiv Doyle in einen langen Gang entlang geführt, der mit Neonleuchten erhellt wurde. Der Boden zierte ein grässlicher Linoleumbelag, in hellgrauer Farbe. Nachdem sie kurz zuvor in der Tiefgarage des Bostoner Polizeihauptgebäudes ausgestiegen, und mit dem Lift in das Kellergeschoss gefahren waren, marschierten sie jetzt auf eine Tür am Ende des Ganges zu. Schon darauf zugehend, bekam Peter das Gefühl eines Schauers über seinem ganzen Körper nicht nur weil durch das Neonlicht alles kalt wirkte, sondern da es auch sehr stark nach Desinfektionsmittel stank. Doyle und sein Kollege wirkten aber so, als würden sie täglich diesen Gang entlang gehen.

Nachdem sie durch eine große Tür gegangen waren, auf der Gerichtsmedizin stand, waren sie jetzt in einem Raum, der so aussah, wie man es von Krimiserien aus dem Fernsehen kannte. An der Rückwand waren rechteckige Türen aus Stahl, in denen man die Toten in Kühlboxen verstaute. Davor gab es drei Tische aus Edelstahl, worauf Leichen obduziert wurden. Auf zwei von ihnen lag jemand, jeweils mit einem weißen Tuch bedeckt. Sonst schaute alles aufgeräumt aus und es roch ausgeprägt nach Desinfektionsmittel. Kein Geruch von etwas Verwestem oder anderem. Rechts und links standen Stahlkästen, in denen die Arbeitsgeräte verstaut waren. Rechts neben der Tür durch die sie gerade gekommen waren, befanden sich gleich drei größere Waschbecken. Auf mehr Details achtete Peter nicht, aber anscheinend hatte der Gerichtsmediziner noch nicht mit der Autopsie angefangen und auf sie gewartet.

Der Arzt stellte sich mit Dr. Fracer vor und führte sie zu der ersten zugedeckten Leiche. Nachdem er Peter gefragt hatte, ob er bereit sei, eine Frage, die ihm etwas absurd vorkam, weil wie konnte man für eine solche Situation bereit sein und er nickte, hob er das Tuch hoch und legte das Gesicht frei.

Peter spürte einen Stich im Herzen, als er da wirklich Ashley am Tisch liegen sah. Ihre kleinen Falten um die Mundwinkel, weil sie fast immer lachte und die kleine Sommersprosse auf der linken Halsseite in Form eines Mickeymauskopfs waren schon genug Beweis für ihn, auch wenn das Gesicht bis zu einem gewissen Grad verschwollen und zerschnitten war. Es gab keinen Zweifel für ihn, es war Ashley, und schon kullerte eine Träne aus seinem rechten Auge und lief ihm die Wange hinunter. Dr. Fracer hatte nicht angefangen, Ashley zu reinigen. So war ihr sonst schulterlanges schwarzes Haar teilweise mit Blut verschmiert und klebte zusammen.

Mit einem Mal hörte er neben sich die Stimme von Doyle fragen: „Dr. Wheller ist das ihre Frau?“.

„Ja..a.“, kam es gebrochen aus dem Mund von Peter. „Darf ich einen Moment mit meiner Frau alleine sein?“, fragte er darauf und Doyle sowie der Arzt nickten und alle drei, auch der junge Detektiv verließen den Raum.

Jetzt als er mit Ashley für sich war, erinnerte er sich an die verschiedensten Erlebnisse aus ihrem gemeinsamen Leben. Als er sie das erste Mal am Campus von der Universität von Kalifornien in San Francisco kennengelernt hatte. Er beabsichtigte das Frisbee aufzufangen, das sein Studienpartner geschossen hatte, und rempelte Ashley dabei an, weil sie Gedanken versunken querfeldein über die Wiese des Campus zu ihrem Zimmer im Studentenheim schlenderte. Er lud sie darauf zu einem Kaffee ein und so funkte es zwischen beiden.

Dann, die Zeit als er wieder in Harvard war, denn er hatte nur ein paar Austauschseminare in San Francisco besucht. Und wie er sich immer freute, wenn von ihr ein Brief kam. Auch ihre Hochzeit in San Francisco im Fairmont-Hotel kam ihm gleich in den Sinn, welche Ashleys Familie organisierte. Sie gefiel ihnen gar nicht, weil sie zu protzig war. Kurz darauf bekam Peter seine erste Anstellung in Harvard als Assistent, und so zogen sie gemeinsam nach Boston. Ashley eröffnete ihre eigene Praxis für Frauenmedizin. Sie lebten deswegen sehr lange Zeit in einer 25 Quadratmeterwohnung und sparten, wo es nur ging, um ihre Schulden zurückzuzahlen. Aber es war trotzdem eine schöne Zeit. Peter kam der Gedanke hoch, wie oft sie am Sonntag am Ufer der Quinzy Bay mit einem Kaffeebecher in der Hand spazieren gegangen waren und Ashley Seemöwen jagte.

Da öffnete sich die Tür im Hintergrund und Detektiv Doyle kam mit einem Polizisten in Uniform herein und sagte: „Entschuldigen sie Dr. Wheller, dass ist Inspektor Krout. Er wird Sie nach Hause bringen, sobald Sie so weit sind“.

„Ich bin jetzt so weit“, antwortete Peter und ging Richtung Tür.

Kapitel 3

Die nächsten drei Tage verbrachte er damit, die Beerdigung seiner Frau zu organisieren und ihren Tod zu verstehen.

Am Ende der Woche kam Detektiv Doyle zu ihm, um ihm zu erklären, dass man aus dem Unfall und dem Tod seiner Frau nicht wirklich schlau würde. Ein Zeuge der den Aufprall des Autos gehört hatte und deswegen aus dem Fenster schaute, sah nur, wie sie durch die Frontscheibe nach draußen katapultiert wurde. Was er nicht sah, war ein Fahrer oder Mitfahrer, obwohl die Position wie Ashley aus dem PKW geschleudert wurde, eher darauf schließen lies, dass sie am Beifahrersitz gesessen hatte. Außerdem war das Auto, ein alter VW Käfer Baujahr 1961, vom Aufprall so zusammengepresst, dass die Türen nicht mehr zu öffnen waren. Es hätte niemand aussteigen und fliehen können. Und durch die Windschutzscheibe war der Weg durch den Körper von Ashley verlegt. Das Fahrzeug hatte wegen des Alters keine Airbags. Der Wagen war ein Geschenk ihres Großvaters zu ihrer bestandenen Führerscheinprüfung mit 16 gewesen. Es schaute alles so aus, als ob sie sich alleine im Fahrzeug befunden hätte, auch wenn die Position des Körpers auf der Motorhaube, was anderes sagte. Routinemäßig fragte er Peter, ob sie jenem Morgen mit jemanden verabredet war, der mit ihr im Auto gesessen haben könnte. Er musste das verneinen, denn Ashley wollte an diesen Vormittag gar nicht aus dem Haus. Um 10:30 Uhr sollte ihre Gymnastiklehrerin kommen. Die war aber vor verschlossenen Türen gestanden und ist nach mehrmaligem Klingeln und telefonischen Versuchen seine Frau zu erreichen, wieder gegangen, was er tags darauf von dieser erfuhr. Eine weitere Frage war, ob sie unter Depressionen gelitten und deswegen vielleicht Selbstmord begangen hatte? Denn der Wagen war doch mit fast 70 km/h und ungebremst in den Baum gefahren. Das ärgerte Peter im ersten Moment, aber Doyle musste diese Frage stellen. Darüber konnte er nur feststellend sagen, dass dies nicht der Fall war, und sie am Morgen, fest zu dem Lied *„Dancing Queen"* von ABBA, das über Radio lief, mitgesungen und getanzt hatte, sie also in bester Stimmung war. Alles zusammen Grund genug für Doyle und weil auch die anderen Nachforschungen nichts ergeben hatten, nach einer Woche die Untersuchungen des Falles einzustellen.

Francis meinte beim Begräbnis, dass er sich eine Auszeit nehmen sollte, bevor er wieder unterrichtet. Die Zeit nützte er, sich mit der Akte, die zum Unfall seiner Frau angelegt worden war, zu beschäftigen. Zuerst wollte man ihm die Autopsie Daten und Bilder nicht aushändigen. Karl Fressen, ein Richter am Gericht von Boston den er kannte, gab in dann einen Beschluss, der die Gerichtsmedizin und die Polizei verpflichtete, ihm alles auszuhändigen, was es zum Fall seiner Frau gab.

Zuerst las Peter die Berichte durch, aber hier konnte er nichts neues Entdecken. Der Polizeibericht schloss zwar mit ein, dass der Unfallhergang Rätsel aufgab, welche man allerdings, nicht logisch erklären könne, deswegen der Fall abgeschlossen sei. Der Autopsiebericht von Dr. Fracer ergab, dass der Tod durch innere Blutungen und einer starken Hirnschwellung erfolgt war. Dann fing er an, sich die beiliegenden Bilder genauer anzuschauen. Die von der Unfallstelle zeigten nur das zerstörte Auto aus verschiedenen Richtungen. Nichts, was gezeigt hätte, warum es zu dem Unfall gekommen ist.

Also begann er, die Bilder zu betrachten, die man von dem Körper seiner Ehefrau angefertigt hatte. Auch hier fiel ihm zunächst nichts auf, bis er plötzlich an der rechten Halsseite seiner Frau etwas sah, das so wie eine kleine Beule aussah. Er war im Arbeitszimmer und fing in den Laden seines Schreibtisches, nach einer Lupe zu suchen, obwohl er wusste, dass er keine hatte. Er schüttelte seinen Kopf, wegen seiner Handlung, nahm das Foto und legte es in seinen Scanner, der daneben auf einen Extratisch stand, und scannte es damit ein. Da er seinen Computer immer angeschaltet hatte, erschien kurz darauf die Fotografie am Bildschirm seines Monitors. Er suchte nach der Zoomeinstellung und nachdem er sie endlich oben rechts fand, ließ er die Fotoaufnahme auf 300% vergrößern. Da jetzt nur mehr ein Teil der gesamten Aufnahme gezeigt wurde, scrollte er zu der Stelle, wo er zuvor die Schwellung gesehen hatte. Wirklich richtig zu sehen war immer noch nichts. Bei 600% schien es dann, ein kleines Loch in der Mitte der Wölbung zu geben, nur konnte man das nicht mit Gewissheit sagen, da der Bildabschnitt jetzt grobkörnig dargestellt wurde. Da es schon Mitternacht war, beschloss Peter, erst morgen zu einem seiner Kollegen an die Uni zu fahren, der wie er ihn kannte, eine Software hatte die das Bild in dieser Größe scharf darstellen würde.

Kapitel 4

Es war ein Uhr nachmittags, als Peter aus Professor Carlten Seers Büro kam. Dieser hatte es tatsächlich geschafft, das Bild etwas schärfer zu bekommen, und man konnte jetzt eine kleine Einstichstelle sehen. Damit ging er zu Dr. Fracer, der aber nur meinte, dass es genau so ein Stich eines Insekts sein könnte und er nicht darauf geachtet hätte, weil der Tod ja durch den Unfall herbeigeführt worden war. Die Blutwerte hatten auch nichts ergeben, es hatten sich keine ungewöhnlichen Mittel im Blut befunden, auch nicht irgendein Alkoholspiegel.

Peter war damit nicht zufrieden, aber er wollte Dr. Fracer auch nichts unterstellen. Stattdessen rief er Charly Congras an einen seiner Freunde aus den Studienzeiten, der mittlerweile Facharzt der Unfallchirurgie im Massachusetts General Hospital von Boston war. Leider meldete sich nur seine Mobilbox. Aus diesem Grund beschloss er, gleich zum Krankenhaus in der Fruit Street zu fahren. In dem Moment, während er aus der ‚Fruit Street Garage' Richtung Haupteingang marschierte, rief ihn Charly zurück.

„Hallo Peter, habe das mit deiner Frau gehört, es tut mir unheimlich Leid, dass dies passiert ist. Auch das ich beim Begräbnis nicht dabei sein konnte, aber ich war auf Hawaii bei einer Ärztetagung und musste einen Vortrag halten. Darum konnte ich nicht zurück nach Boston."

„Kein Problem," meinte Peter, der wusste, das man von Studienfreunden nicht erwarten konnte, das sie alles liegen und stehen ließen, wenn einem was passierte. Dazu gab es die besten Freunde, aber davon hatte er nicht wirklich jemanden, weil sein bester Freund war Ashley gewesen.

„Du, ich bin auf dem Weg zu dir in der Klinik, gehe soeben durch den Eingangsbereich," meinte Peter.

Worauf er von Charly zu hören bekam: „Sorry, aber ich bin nicht im Haus, sondern wieder bei einer Tagung, diesmal in Atlanta."

„Ach blöd", konterte Peter.

„Was brauchst du?", fragte ihn Charly.

„Ich hätte dein Fachwissen bei einem Foto von Ashley gebraucht. Es zeigt einen Einstich in den Hals meiner Frau. Dr. Fracer, der Gerichtsmediziner meinte, das sei ein Stich eines Insekts, indes glaube ich, dass es sehr wohl ein Nadeleinstich sein könnte, und das hätte ich gerne von dir bestätigt gehabt."

„War der Tod deiner Frau nicht ein Unfall?", fragt Charly nach.

„Ja schon, nur ist mir manches an diesem Zwischenfall nicht koscher, jedoch aus dem Grund, weil sich einiges nicht erklären lässt, hat man die Untersuchungen eingestellt. Du kennst mich, damit bin ich nicht zu frieden."

„Okay...", meinte Charly „...dann gehe gleich im Erdgeschoss weiter nach hinten in die Unfallchirurgie und melde dich bei Dr. Fraut. Er ist fast genau so gut wie ich. Ich rufe ihn gleich an und sag ihm, das er dir helfen soll."

„Danke…", sagte Peter, der sich insgeheim dachte, dass Charly immer noch so eingebildet wie eh und je ist, „…ich Schulde dir was."

„Ach geh, das ist das wenigste, was ich für dich machen kann. Also mach's gut, ich melde mich bei dir, wenn ich wieder zurück bin. Wünsche dir alles Gute. Tschau ich mach jetzt Schluss, weil ich gleich in den Saal muss und vorher noch Dr. Fraut anrufe", meinte Charly abschließend.

„Schon gut und Danke", gab Peter zur Antwort und legt auf, in dem Bewusstsein von ihm nie mehr was zu hören. Aber egal, jetzt ging er mal in Richtung Unfallchirurgie. Die erste Schwester, die er sah, fragte er nach Dr. Fraut, und wurde einen langen Gang hinunter verwiesen. An dessen Ende solle er rechts gehen, dort sei das Büro von Dr. Fraut die zweite Tür Links.

Er klopfte an die Tür und hörte ein „Herein!"

Daher öffnete er diese und ging hinein. Dr. Fraut legt gerade sein Smartphone auf den Schreibtisch und fragte: „Sind Sie Herr Wheller?"

„Ja, der bin ich.", erwidert Peter.

„Okay. Charly hat mich gerade angerufen und gebeten, dass ich Ihnen helfe. Übrigens mein Beileid zum Tod Ihrer Frau."

„Danke!", kam es zögerlich aus dem Mund von Peter, aber Dr. Fraut redete gleich weiter.

„Also zeigen Sie mir mal das Bild."

Er gab Dr. Fraut das Foto, welches den Teil des Halses zeigte, wo man die Beule und jetzt in der schärferen Version auch den Einstich sah. Dr. Fraut schaute es sich länger und ausführlich an und meinte: „Der Bluterguss über den ganzen Hals macht es ein wenig schwierig, aber ich bin fast davon überzeugt, dass es ein Nadeleinstich ist und kein Insektenstich."

Peter bekam zwar etwas Hoffnung, obwohl er nicht genau sagen konnte warum, denn es konnte ihn ja jetzt auch nicht unbedingt weiter helfen, dass er Recht haben sollte. Dennoch fragte er Fraut: „Wieso sind Sie davon überzeugt?"

„Nun bei einem Einstich mit einer Nadel entsteht oft ein blauer Ring, etwas entfernt von der Einstichstelle, so wie es hier scheint, wenn man ein bisschen genauer hin sieht. Um es eindeutig zu beweisen, wäre es erforderlich, die Stelle mit einer Schwarzlichtlampe zu beleuchten. Dann müsste dieser Ring schön zu sehen sein. Aber das geht nur, so lange der Einstich noch frisch ist. So um die ein bis zwei Tage. Bei einem Stich von einem Insekt hingegen, ist die gesamte Beule entzündet und rot", bekam er zur Antwort!

Mit, „Danke Dr. Fraut, Sie haben mir sehr geholfen.", verabschiedet sich Peter bei ihm und wartete gar nicht mehr sein „Gerne!", ab, sondern war bereits auf den Gang Richtung Ausgang unterwegs.

Kapitel 5

Dr. Fracer hatte Peter am Nachmittag davor, nachdem er das Massachusetts General Hospital verließ, nicht mehr erreicht, aber am darauffolgenden Tag. Dieser vertrat nach wie vor die gleiche Meinung, es sei kein Nadelstich. Und wenn das ein Einstich von einer Nadel sei, was sollte dies aufzeigen? Darauf konnte Peter im Moment auch keine Antwort geben. Deswegen blitzte er genauso bei Detektiv Doyle ab. Der Fall seiner Frau würde aufgrund dessen nicht nochmals aufgenommen werden.

Die nächsten vier Tage verbrachte Peter damit, alles durch seinen Kopf gehen zu lassen.

Ashley war mit dem Auto unterwegs, obwohl sie an diesem Vormittag gar nicht wegfahren wollte.

Sie scheint am Beifahrersitz gesessen zu haben, gleichwohl das nicht möglich ist, weil sie die Einzige im Auto war.

Und sie hatte eine Einstichstelle am Hals, wenngleich sie nicht beim Arzt war und sich bestimmt nichts selber gespritzt hatte. Warum auch, sie war gesund und hatte keine Beschwerden. Wenn sie Kopfweh gehabt hätte, wäre ihm das am Morgen aufgefallen. Außerdem war sie nicht der Mensch, der in einem solchen Fall unbedingt ein Medikament zu sich nahm.

Je öfter er darüber nachdachte, desto du mehr kam Peter zu dem Schluss, er würde die Wahrheit nur erfahren, wenn er in die Vergangenheit reiste. Das war bis jetzt aber noch keinem Menschen gelungen. Er selbst hatte zwar in seiner Studienzeit ein Konzept ausgearbeitet. Mit diesem hatte er sich es damals schon vorgestellt, dass es funktionieren könnte. Doch weil er es gar nicht finanzieren hätte können, landete es in seiner so genannten ‚Ideenschublade'. Er konzentrierte sich dann weiter auf sein Studium und den immer häufiger kommenden Briefen von Ashley.

Einige Tage vergingen und er kam zum Schluss, diesmal dieses Projekt doch anzugehen. Dazu würde er Kapital brauchen. Sehr viel Vermögen!

Darum beschloss er, ein anderes Vorhaben, das er sich erst vor ein paar Jahren nach einem Urlaub mit Ashley auf Jamaika ausgedacht hatte, zuerst aus seiner Schublade wieder auszugraben. Sie hatten sich beide einen so enormen Sonnenbrand eingefangen, dass sie zwei Tage im Zimmer liegen bleiben mussten. Erst dann hatte sich der Schmerz vom Brand gelegt. Das Hotelpersonal half zwar mit Hausmittelchen, wie Aloe Vera und Joghurt, und sie bekamen auch etwas Schulmedizinisches zum Einreiben. Trotzdem dauerte es, bis alles vorbei war und sie wieder so liegen konnten, ohne das irgendeine Druckstelle schmerzte.

Ausgedacht war gut, er hatte eigentlich nur auf einem Papier eine Formel niedergeschrieben, mit der er vorerst arbeiten müsste. Ob es dann funktioniert, das würde sich erst erweisen.

Kapitel 6

Es war jetzt der erste Tag, drei Wochen nach dem Unfall, dass Peter den Lehrsaal betrat. Francis hatte er mitgeteilt, dass er wieder hier sei, und der meinte nur, ob es nicht zu Früh sei, dass er aufs Neue arbeite. Das verneinte er mit einer Selbstverständlichkeit, so das Francis gar nicht auf die Idee gekommen wäre nochmal was zu entgegnen.

Die Studenten schauen alle bedrückt, da sie gehört hatten, was ihren Lehrer und Mentor passiert war, aber keiner von ihnen traut sich etwas zu sagen. Peter legt seine kleine Ledertasche, in der er seine Unterlagen für den Unterricht hatte, auf den Schreibtisch und sucht nach Frederik Northon einen seiner Kommilitonen. Der hatte sich nicht wie gewohnt auf der rechten vorderen Seite des Lehrsaals gesetzt, sondern war, die letzten beiden Wochen die Peter gefehlt hatte weiter hinten sitzen geblieben. Er wollte nicht von Peters Vertreter gestört werden, denn seines Erachtens, war das eine Zumutung, diesen zuzuhören. Er hatte diesen Kurs wegen Dr. Peter Wheller belegt. Frederik, der wie die anderen Studenten im Raum, jetzt 19 war, und einen IQ von 143 hatte, meinte so und so das er nur was von den besten lernen könnte. An Selbstvertrauen fehlte es ihn nicht, was er durch sein Aussehen zum Ausdruck brachte. Er hatte eine zerrissene Jeanshose an, dazu ein löchriges T-Shirt und seine Haare waren immer lange und ungekämmt, nicht zum

Reden vom Dreitagebart, der ungepflegt aussah. Aber nachdem Peter ihn endlich unter den 44 Studierenden sah, meinte er zu ihm, er solle nach vorne kommen.

Die Blicke der anderen Studenten folgten ihm, während er sich von seinem Platz erhob und zu Peter an den Schreibtisch kam. Sie sahen, wie sich dieser kurz mit ihm unterhielt, wobei sich über Frederiks Gesicht ein immer breiteres Grinsen ausbreitet. Peter nahm ein paar Zetteln aus seiner Tasche und drückt sie ihn in die Hand. Danach wendete er sich allen im Lehrsaal zu und begann zu erklären: „Meine Damen und Herren, Mr. Northon wird Sie die nächsten Tage unterrichten, während ich Arbeiten im Labor zu machen habe."

Ein Raunen ging durch die Reihen, denn keiner der Studienkollegen war darüber begeistert, dass Frederik jetzt die Vorlesungen halten würde. Da wäre ihnen schon die Vertretung der letzten vierzehn Tage lieber gewesen. So würden sie sich immer anhören müssen, wie toll und gut er sei, weil Dr. Wheller ihn ausgewählt hatte zu dozieren. Peter blieb das nicht unbemerkt, jedoch brauchte er Zeit für das Labor, das er nur benutzen durfte, wenn er offiziell hier sei. Ja, Frederik ist für das Unterrichten nicht der Geeignetste, doch die beiden die besser wären, würde er für was anderes brauchen. Er hoffte nur, dass sich die Schüler nicht zu schnell bei Francis beschweren würden, so dass er dann doch noch das Laboratorium verlassen müsste. Aber damit wollte er sich jetzt nicht näher beschäftigen, und verließ den Saal, durch die zweite Tür, die zum Labor führte.

Die nächsten Tage ging es dann immer so weiter. Peter kam rein, übergab Frederik das Lehrmaterial, welches er mit den anderen durchnehmen sollte und verschwand kurz darauf im Labor, um an seinem Projekt zu arbeiten, das sich etwas verzögerte. Er hatte gedacht, dass er schnell damit fertig sein würde, aber es gab immer wieder Probleme mit den Nanopartikeln, die er für sein Produkt bräuchte. Nach einer Woche war es dann so weit, dass die Studenten zu rebellieren begannen und sich bei Dr. Francis beschwerten.

Kapitel 7

Nachdem am darauf folgenden Mittwoch, einige Eltern sich bei Francis meldeten, einflussreiche Eltern, zitierte er am Nachmittag Peter zu sich in sein Büro. „Setzt dich Peter“, meint Francis, der aber antwortet ihm „Ich bleibe lieber stehen, was gibt es?“

„Die Studenten und auch teilweise deren Eltern, haben sich bei mir beschwert. Und zwar, weil du nicht selbst unterrichtest, sondern einen deiner Studenten, ich glaube Frederik Northon, das überlässt.“

„Er ist dafür geeignet, Francis!“, sagt Peter.

„Das mag schon sein, aber die Studenten besuchen diese Kurse weil sie dich hören wollen und nicht ihm, und einige der Eltern haben Einfluss und sind gute Spender für die Universität…“, bekommt er von Francis zur Antwort, der das ganze mit: „Schau das du selber wieder unterrichtest. Was machst du überhaupt andauernd im Labor?“, ergänzt.

Peter überlegt bei sich, ob er ihm was von seinem Vorhaben erzählen soll, kommt aber zu dem Schluss, es lieber nicht zu tun. Darum gibt er zur Antwort: „Ich arbeite an einem Projekt und habe keine Zeit zum Unterrichten.“

Francis, der gehofft hatte, dass Peter vernünftig werden würde, wenn er mit ihm redet, schaute kurz hinaus auf den Campus der Universität. Sein Büro hatte ein großes Fenster in diese Richtung. Er musste sich nur etwas mit dem Sessel drehen, um nach draußen sehen zu können. Daraufhin holte er tief Luft und entgegnet Peter, in der Hoffnung, ihn so zur Vernunft zu bringen: „Dann muss ich dich Suspendieren!“

Dieser überlegt nicht lange und antwortet nur: „Okay, dann bin ich halt im Labor!“

Insgeheim hoffte er nämlich, dass Francis ihm dies genehmigte, aber dieser wiederum, zog das ganze Programm durch und sagt zu ihm: „Nein, auch das Labor darfst du dann nicht mehr benützen. Entweder du Unterrichtest, und dann kannst du das Labor in den freien Stunden die du hast verwenden, oder du nimmst die Suspendierung an, was dann auch einschließt, dass du auch nicht das Labor benützen kannst.“

Peter zögert zwar kurz und Francis glaubte schon, dass er gewonnen hätte, aber schließlich kam der Satz: „Passt, ich bin in einer Stunde weg, ich räume nur schnell meine Sachen zusammen.“

Darauf ging er zur Tür, drehte sich nochmal um, sagte zu Francis „Danke“, öffnete die Tür und verschwand Richtung Lehrsaal und Labor.

Francis, dessen Mund jetzt weit offen stand, weil er nicht verstand, was da gerade abgelaufen sei, wunderte sich über das „Danke“ von Peter und fragte sich, ob er nicht doch zu hart zu ihm war. Er hatte ja gerade erst seine Frau verloren. Aber nach einigen Überlegungen kam er zu dem Schluss, dass eine Suspendierung von ihm wahrscheinlich gar nicht so schlecht ist. „Ja, denn er ist noch nicht so weit!“, kam es laut aus seinem Mund.

Kapitel 8

Peter war gleich zurück in den Lehrsaal gegangen und da seine Studenten nicht mehr hier waren, schrieb er ein paar Abschiedsworte auf die Tafel.

>>> *Sehr geehrte Damen und Herren, wegen eigener Projekte muss ich mich für eine Weile, von Ihnen verabschieden. Ich hoffe, dass Sie alle Ihren Weg, für sich und in einem der von Ihnen gewählten Kurse hier an der Universität, Ihre Erfüllung finden. Die Zeit mit Ihnen hat mir sehr viel Freude bereitet, auch wenn in den letzten Wochen Ereignisse geschehen sind, die von mir, das einschlagen eines neuen Weges, für mich erfordert. Wer weiß, vielleicht kreuzen sich, mit dem einen oder anderem von Ihnen unsere Wege in der Zukunft.*

Dr. Peter Wheller <<<

Danach holte er seine Aufzeichnungen die alten wie die neuen, die er in der letzten Woche angefertigt hatte, und zerstörte die ganzen Proben, mit denen er gearbeitet hatte, da sie alle bis jetzt zu keinem Ergebnis geführt hatten. Wichtig war, dass er seine Unterlagen mitnahm.

Als er das Universitätsgelände an diesem Nachmittag verließ, kamen gerade einige Wolken auf.

Es waren für diese Tageszeit Gewitter angesagt worden. Er schaffte es mit dem Rad zwei Blocks weiter, um dann schnell in ein Café hinein zu schlüpfen, das recht nett erschien. Es gab Sofas und Fauteuils, statt Stühle. Er holte sich einen Cappuccino und setze sich in einen der bequemen Sessel, der einen kleinen Tisch vor sich stehen hatte. Auf diesen stellte er seine Tasse hin und breitete einige seiner Notizen aus. Inzwischen fingen dicke Tropfen vom Himmel an zu fallen, und immer wieder wurden die Geräusche der Menschen im Café von einem Donnerschlag unterbrochen.

Er war bald in seinen Aufzeichnungen versunken und bekam von seinem Drumherum kaum mehr was mit. Nach circa einer Stunde, nachdem sein Cappuccino kalt geworden war, und es zum Regnen aufgehört hatte, überkam es ihm, wie einer dieser Blitze, die noch vor kurzem draußen zu sehen waren. Im Labor der Uni hätte es nie geklappt, sein Vorhaben weiter zu bringen. Es fehlten dort Geräte, die er unbedingt brauchen würde, um das mit den Nanopartikeln in den Griff zu bekommen. Und außerdem war es gut, dass Ganze nicht im Labor von Harvard auszuführen! Bestimmt hätte die Universität dann das Patent darauf angemeldet.

Aber jetzt war erforderlich, ein passendes Laboratorium zu finden, das alle Geräte zur Verfügung stellte, die er benötigte. Vertraglich war ebenfalls eine Absicherung gegen Ansprüche notwendig. Denn Peter war sich dessen bewusst, dass das zweite Projekt, das im helfen sollte, den Unfallhergang seiner Frau zu klären, sehr viel Geld verschlingen würde.

Kapitel 9

Die Tage darauf verbrachte Peter damit, nach einem geeigneten Laboratorium zu suchen. Zuerst hatte er es mit den Telefonbüchern von Boston versucht und er wurde sogar fündig. Nur, keines der Labore in der Stadt und Umgebung hatte einen Computer mit einer Nanoverbindung. Den brauchte er, um damit auf die Informationsschwingungen von Nanopartikel zugreifen zu können und so diese neu zu programmieren. Kein Wunder, weil diese Technik war neu und noch in den Kinderschuhen. Außerdem so teuer, dass es sich kaum ein Labor leisten könnte. Nur hatte die Informationsweitergabe per Lichtwellen, die er auf der Universität von Harvard anwandte nicht gereicht. Er musste eines finden, das einen solchen Computer besitzt.

Darum ging er auf die Suche im Internet, etwas, was er eigentlich sonst tunlichst vermied, weil er das World Wide Web nicht für die beste Erfindung des 21. Jahrhunderts ansah, sondern als Möglichkeit, für die Staaten der Welt, ihre Bürger auszuspionieren. Nur blieb ihn diesmal nichts anderes übrig, als sich dieses Werkzeugs zu bedienen, und tatsächlich wurde er schnell fündig. Ein Laboratorium in der Nähe von New York City, mit dem passenden Namen, Nano Robotik Laboratory Inc. (NRL) gab auf ihrer Internetseite an, dass sie mit einem solchen Gerät ausgerüstet waren. Und was wichtiger war, man könne das Labor um 4.000 Dollar am Tag mieten. Die

Homepage schaute zwar nicht professionell aus, aber nachdem anscheinend das Einrichten jede Menge Geld gekostet hätte, wurde hier gespart und geschwind mit einem Baukastensystem einen Webauftritt gebastelt. Normalerweise hätte man sich von einer solchen Seite abschrecken lassen, aber da Peter so wie so nichts vom Internet hielt und dieses Labor schnell erreichbar war, würde er da mal anrufen.

Zuvor dankte er Ashley im Geiste, dass sie immer so sparsam und gleichzeitig nicht anspruchsvoll war. Schon alleine, dass sie nie einen Wagen von der Mercedes A-Klasse haben wollte und mit ihrem alten VW Käfer zufrieden war. Nach dem Unfall hatte er sich kurz einmal gewünscht, dass sie sich doch den Mercedes gekauft hätten, doch auch dieser Gedanke wurde bald von seinen Nachforschungen ausgeräumt. Ein von ihm befragter Fachmann, bestätigte, dass bei einem solchen Aufprall, auch dieses Fahrzeug nicht sicher genug gewesen wäre. Sie war ja laut Unfallbericht, nicht angeschnallt, etwas, was Peter ebenfalls an der Unfalltheorie zweifeln lies, weil Ashley sich immer angegurtet hatte. Der alte Wagen hatte zwar keine Airbags, aber sehr wohl Gurte.

Auf jeden Fall hatten sich die beiden dadurch, in den letzten Jahren etwas zur Seite legen können, womit er jetzt, dieses erste Projekt finanzieren würde.

Auf der Homepage war eine Telefonnummer angezeigt. Bei dieser Nummer rief er gleich an. Nach dem dritten Läuten meldete sich eine Dame, mit einer jungen Stimme, mit „Nano Robotik Labor Incorporated, guten Tag, wie kann ich Ihnen helfen?“.

„Guten Tag…", antwortete Peter, „mein Name ist Dr. Peter Wheller, ich bin auf der Suche nach einem Labor wie Ihres, für ein Projekt von mir, und würde gerne den Verantwortlichen für die Vermietung des Labors sprechen."

„Sehr gerne, ich verbinde sie gleich mit Dr. Longly…" meinte die Dame am Telefon, „er ist der Leiter dieses Labors und auch für die Vermietung zuständig."

In der Folge musste er, für zwanzig Sekunden eines dieser unerträglichen Telefonlieder zuhören, bis sich Dr. Longly meldete. Nachdem Peter ihn erklärt hatte, dass er gerne das Labor für mindestens eine Woche mieten wolle, war es mal kurz still auf der andern Seite des Telefons. Wahrscheinlich suchte Dr. Longly gerade seinen Namen im Internet, weil er fragte nochmals nach diesem und welchen Doktortitel er habe. Als er anscheinend fündig geworden war, hörte sich seine Stimme gleich um einiges freundlicher an und er meinte, das er noch diese Woche das Labor haben könnte. Er müsste nur zuerst die Verträge unterschreiben und den Betrag für die Woche überweisen.

Nachdem Peter gebeten hatte, dass Dr. Longly die Vereinbarung an seinen Anwalt per E-Mail schicken soll und bat ihn, sich so schnell wie möglich bei ihm zu melden. Longly gab zu verstehen, dass er dies sofort machen würde. Damit war das Telefongespräch der beiden beendet. Er hatte das Gefühl, dass das Labor kaum Kunden habe. Doch die Wissenschaft der Nanorobotik lag eigentlich noch in den Kinderschuhen, beziehungsweise haben sich nicht viele Wissenschaftler bis jetzt darüber getraut, schon wegen der beachtlichen gesetzlichen Auflagen.

Kapitel 10

Peters Anwalt überprüfte den Vertrag und stellte nichts fest, was ihn schaden würde. Das Laboratorium hätte auch keine Ansprüche an irgendwelchen Erfolgen, die er im Labor erzielen würde. Folglich unterschrieb er diesen und überwies am gleichen Tag die 28 000 Dollar. Im Weiteren kaufte er sich ein Ticket für den Zug. Er hätte fliegen können, aber da das Labor in White Plans lag und dort die Eisenbahn stehen blieb, zog er den Zug vor. Er fuhr am selben Abend, denn dann könnte er schon am nächsten Morgen mit dem Taxi von dem Motelzimmer, das er sich besorgt hatte, zum Labor fahren. Viel würde er zwar nicht schlafen, aber trotzdem war ein Rückzugsort manchmal nicht schlecht.

Man hatte ihm zugesichert, dass er um 8:00 Morgens seine Zugangskarte zu den Räumlichkeiten bekommen würde, und er dann gleich rein könnte. Er wollte so viele Stunden wie möglich im Labor verbringen, um seine 28 000 Dollar auch wirklich auszunutzen und um nicht noch einen Tag anhängen zu müssen. Das Motelzimmer würde er nur aufsuchen, wenn es nicht mehr anders ginge und er unbedingt etwas Schlaf brauchen würde, um wieder einen klaren Kopf zu bekommen.

Um 11:30 am Abend kam er in White Plans an und ließ sich sofort ins Motel bringen. Schlafen konnte er diese Nacht kaum. Wiederholt hatte er

Alpträume, in denen sich der Unfall von Ashley vor seinen Augen aber und abermals abspielte. Um 5:00 Früh bekam er überhaupt kein Auge mehr zu. Darum stand er auf und machte sich mit dem Wasserkocher am Zimmer einen dieser grässlichen Instantkaffees. Dieser würde ihn nur, wegen dem ekligen Geschmack schon wach halten und nicht, weil sich darin etwas Koffein befindet. Danach setzte er sich mit dem Becher und seinen Aufzeichnungen zu einem kleinen Schreibtisch, der sich im Motelzimmer befand. Er ging nochmals alles im Kopf durch und machte auf einen dieser Schreibblöcke, die es meistens in Motels so wie in diesem gab, weiter Notizen.

Um Punkt 8:00 Früh, nachdem er sich geduscht, angezogen und mit einem Taxi von der Unterkunft zum Labor gefahren war, stand er vor deren Tür. Ein 1,80 Meter großer weißer Mann, mit kurzgeschorenem Haar und einer Wachmannuniform öffnet ihm die Glastür des Gebäudes, das um die fünfzehn Stockwerke hatte und ganz aus Glas bestand. Als Peter zum Reden ansetzen will, meint der Wachmann sofort: „Ich nehme an Sie sind Dr. Wheller? Dr. Longly wartet im ersten Stock schon auf Sie“ und führte ihm zum Aufzug.

Der Schutzmann zog eine Schlüsselkarte durch einen Schlitz eines Kartenlesegeräts, das neben der Aufzugstür angebracht war und diese öffnete sich kurz darauf. Er trat mit dem linken Fuß hinein und drückte auf zwei, gleichzeitig hielt er die Tür davon zurück, dass sie sich schloss, und zeigte Peter, dass er rein gehen soll, was er auch machte. Während die Lifttür langsam zuging, hörte er den

Wachmann noch sagen: „Dr. Longly wartet schon oben auf Sie, ich muss hier in der Lobby bleiben."

Als sich kurz darauf die Aufzugstür im ersten Stock öffnete, stand ein kleiner dicker Mann, so um die 1,60 Meter groß und mit Halbglatze und weißem Laborkittel vor ihm. Dieser streckte Peter gleich die Hand entgegen und stellt sich als Dr. Longly vor. Da Peter nicht sofort aus dem Aufzug stieg, ging dessen Tür plötzlich zu, während die beiden sich die Hände reichten. Peter zog flink seine zurück und schlug auf den Knopf des Türöffners, worauf dieser sich gleich nochmals öffnete. Dr. Longly lachte ein wenig und sagt: „Die Türen dieses Aufzugs gehen etwas schnell zu, damit Tagsüber, wenn die vielen Leute, die in die Büros der anderen Firmen im Gebäude gehen, oder diese verlassen, schneller vorankommen. Wenn man das noch nicht gewöhnt ist, dann kann einem das schon passieren, dass man wenn man zu langsam ist, bis in den fünfzehnten Stock fahren muss."

„Sie hätten mich aber auch Warnen und hinaus ziehen können", antwortet Peter in einem verschmitzten Ton, Dr. Longly, worauf gleich beide ein wenig Lachten.

Die Übergabe der Schlüsselkarte, die in das Gebäude und das Labor im zweiten Stock, so wie für den Lift notwendig waren, bekam er von Dr. Longly sofort ausgehändigt. Dieser begleitete ihn dann in den zweiten Stock, um Peter das Labor zu zeigen. Auch dieses Mal mussten sie mit dem Aufzug fahren, da das Stiegenhaus alarmgesichert war und nur im Notfall benützt werden durfte. Die Laborräume erwiesen sich als riesig, über eine Fläche von 300 Quadratmetern. Es waren alle Instrumente und

Geräte, die man sich nur Wünschen konnte, übersichtlich aufgereiht. Dr. Longly wieß ihn noch darauf hin, dass er mit den 28 000 Dollar noch zusätzlich bis zu drei Assistenten zur Verfügung gestellt bekommen würde. Sie täten ihm in die Apparaturen einweisen, wobei der erste von den dreien um 9:00 Vormittags hier sein würde, also in ungefähr fünfundzwanzig Minuten. Peter meinte, dass er nur einen bräuchte der ihm das Gerät erklärte, mit dem man mit einer Nanoverbindung die Informationsschwingungen auf Nanopartikel überträgt. Dr. Longly empfahl ihm Jester, der in einer halben Stunde kommen würde.

Kapitel 11

Dem war es dann auch so. Jester, der um Punkt 9:00 Uhr kam, erklärte Peter, wie er seinen eigenen Laptop, den er mitgebracht hatte, an das Equipment anschließen konnte, und installierte ihm gleich die dazu notwendige Software auf sein Gerät. Nach zwei Stunden kannte sich dann Peter aus, wie er mit der Softwareanwendung umgehen musste und er konnte beginnen.

Obwohl Jester ihn anbot zu bleiben und ihn versicherte, das er eine Vertraulichkeitsklausel unterschrieben habe die besagt, dass er nichts, was er im Labor bei Kunden sieht oder hört jemanden weitergeben und schon gar nicht selbst verwerten darf, meinte Peter, das er ihn nicht mehr bräuchte. Er wollte dieses Projekt alleine bewältigen.

Noch am selben Tag hatte er es geschafft, die richtigen Nanopartikel herzustellen, die er brauchte. Er hatte dazu ein natürliches Ausgangsprodukt von der Aloe vera benutzt, weil es immer mehr negative Stimmen bezüglich Nanopartikel gab. Zum Beispiel werden in Zahnpasta, Sonnencremes und Farben Titandioxid in Nanoform genutzt. Das hatte bei Versuchen mit Wasserflöhen gezeigt, dass Nachkommen von diesen, die Titandioxid in Nanoform ausgesetzt waren, viel empfindlicher reagieren. Da er ein sicheres Produkt auf den Markt bringen wollte, verwendete er Nanopartikel, die er aus der Aloe vera Pflanze extrahierte.

Die nächsten Tage erschienen recht erfolglos. Immer wieder versagte die Programmierung der Nanopartikel. Dadurch machten sie nicht das, was er eigentlich mit seiner Formel erreichen wollte. So musste er diese Proben vernichten, weil sie bis jetzt jeweils das Absterben der Zellen an der künstlichen Haut, die per Episkin-Verfahren hergestellt wurde, bewirkten. Beim Episkin-Verfahren werden bestimmte Hautzellen, die bei Brustoperationen übrig bleiben, genommen, um eine nachgebildete Haut zu erzeugen, die bei Labortests verwendet werden kann. Dadurch kamen keine Mäuse zu Schaden, die üblicherweise dabei gequält wurden. Das hatte ihm schon in seiner Studienzeit in Harvard gestört. Damals war die Wissenschaft leider noch nicht so weit, und man brauchte etwas, um Proben vorher zu testen, bevor man Versuche an Menschen machen konnte.

Dann war der letzte Tag da, und Peter hatte bis jetzt nur etwa fünfzehn Stunden Schlaf gehabt. Er wollte schon aufgeben, weil er immer wieder im Stehen einzuschlafen drohte. Doch er entschloss sich dazu, erstmal zurück in das Motel zu fahren und auszuschlafen. Er rief sich ein Taxi, fuhr zur Unterkunft, die circa sechs Meilen vom Labor entfernt war und ging nach einer ewig dauernden Dusche, die schon längst fällig war, gerade aus ins Bett. Zwar glaubte er nicht, dass er schlafen werde, aber es dauerte nicht mal fünf Minuten, bis er tief und fest eingeschlafen war.

Gegen morgen fing er dann zu Träumen an und träumte immerdar, von der gleichen Situation. Er befand sich im Labor und ein Nanopartikel wurde vor ihm immer größer, bis der Partikel so riesig wie ein Legostein war. Das passiert mit vier Weiteren, die sich dann miteinander in U-Form verbanden, und dieses U stellte sich auf den Kopf. Um 6:15 Früh, wurde er schlagartig von einem Piepsen aus dem Schlaf gerissen. Zuerst hatte sein Gehirn das noch im Traum eingebaut, indem eines der Geräte im Labor das Geräusch von sich gab. Doch nicht lange darauf wurde er von dem Laut geweckt, dass sein Wecker neben dem Bett machte. Er hatte sich diesen gestern Abend gestellt, denn er wollte um 6:30 morgens, sobald es in dem Moteleigenen Café Frühstück gab, eines zu sich nehmen. Dann würde er erfrischt und gestärkt wieder ins Labor zu fahren und die Arbeit weiter machen.

Nachdem er dort ankam, wollte er mal versuchen, das umzusetzen, was er geträumt hatte. Zeigte ihm das Unterbewusstsein vielleicht so auf einen Fehler in seiner Strategie hin? Der erste Schritt war, mit mehreren Geräten im Labor, fünf Nanopartikel in eine U-Form zu bringen, was ihm dann nach drei Stunden gelang. Seine Aufzeichnungen, die er dabei machte, halfen ihn, das später im Laufe von ein paar Sekunden zu wiederholen. So bekam er es innerhalb von weiteren vier Stunden hin, jede Menge dieser U-Förmigen Objekte, zu erzeugen. „Nur was sollte das *‚auf den Kopf stellen‘* im Traum bedeuten“, dachte sich Peter?

Das ergab nicht wirklich einen Sinn, bis ihm die Idee kam, seine Formel, die er vor Jahren aufgeschrieben hatte, die aber bis heute bei allen Versuchen zu keinem Erfolg führte, verkehrt auf die Nanopartikel zu Programmieren. Und das war es.

Nachdem er dieses Mal, sie auf die Episkin-Haut gab, passierte das, was er sich erhofft hatte. Jetzt war das Produkt so weit und würde ihm das Geld bringen, was er benötigte, um das Projekt ‚*Vergangenheitsforschung*', wie er es mittlerweile nannte, angehen zu können.

Kapitel 12

Mittlerweile waren weitere vierzehn Tage vergangen. Nachdem Peter sein Erzeugnis fertig und Dr. Longly seine Schlüsselkarte zurückgegeben hatte, war er noch am selben Tag aus dem Motelzimmer ausgecheckt und anschließend nach Boston zurückgefahren. Tags darauf begann er mit den Vorbereitungen zur Präsentation seines Produkts. Vor fünf der größten Kosmetik- und Pharmaziehersteller in den USA, die Sonnencremen oder eben Cremen herstellten. Er wunderte sich, dass sich alle bereit erklärt hatten zu kommen, da er auf diesem Sektor nicht bekannt war. Scheinbar hatte es ihnen gereicht, dass er einen Doktortitel in Chemie hatte und in Harvard unterrichtete. Francis hatte ihn zum Glück nicht von der Universitätshomepage entfernt. Er war ja nur suspendiert. So konnten die Konzerne bei deren Nachforschungen über ihn, noch auf diese Information zugreifen.

Er hatte sich etwas größere Räumlichkeiten im ‚Boston Harbor Hotel' gemietet und darin einen U-Förmigen Gang, von einem der Eingänge des Raumes weg, aufbauen lassen. Bei der Kehre war ein Polizeispiegel angebracht. Dahinter befand sich eine UV-Kamera, die die kommenden Gäste filmen würde. Da es nach der Kehre gleich wieder eine Tür gab, die sich von außen nicht öffnen lies, würde jeder, während er darauf wartete, dass jemand die Tür von der anderen Seite öffnet, sich nochmal im Spiegel betrachten. Das lag einfach so in der Natur des homosapiens, dass wenn er einen Spiegel sah und etwas Zeit hatte, sich darin überprüfte, im Besonderen bei Menschen aus der Geschäftswelt. Nach der Tür war der Gang nur mehr einen Meter lang und endete in dem Konferenzraum. In diesem befand sich ein Konferenztisch für dreißig Personen. An dem einen Ende, wo sich Peter setzen würde, war ein großer Bildschirm und eine zweite UV-Kamera.

So gegen 9:00 Uhr trudelten die ersten vier Gäste von der Firma Glean&Soft ein. Peter hatte alle etwas zeitversetzt bestellt, sodass jeder genug Zeit hätte, sich vor dem Spiegel nochmals zurechtzurücken. Damit seine Präsentation zu einem Erfolg würde, musste er von so vielen wie möglich Aufnahmen mit der UV-Kamera machen. Bis 9:45 Uhr, waren dann alle Vertreter der fünf eingeladenen Konzerne eingetroffen. Zum Schluss waren die Herren von Noster Inc. gekommen. Mit Peter saßen jetzt insgesamt zwanzig Personen um den Konferenztisch. Die Assistentin die er mit zu den Räumlichkeiten gemietet hatte und die immer wieder die Tür für die ankommenden Gäste geöffnet hatte, brachte allen das gewünschte Getränk an den Tisch. Danach verschwand sie durch eine der Türen, auf der anderen Seite des Raumes, so wie es mit Peter ausgemacht war.

Er stand auf und fing mit seiner Rede an: „Meine Damen und Herren von der Kosmetik- und Pharmazieindustrie, danke dass Sie meiner Einladung gefolgt sind! Ich nehme an, dass Sie wissen wer ich bin, sonst wären Sie nicht hier."

Allgemeines Kopfnicken einiger der sich am Tisch befindlichen Personen bestätigte Peters Annahme. „Nun gut, ich will Sie auch nicht lange mit einer langweiligen Rede von mir auf die Folter spannen. Sie alle sehen vor Ihnen eine kleine weiße Tube liegen…“, manche der Anwesenden beginnen diese in die Hand zu nehmen, worauf Peter sofort reagiert, „…aber bevor ich Sie bitte das sie diese öffnen und einen Tropfen der darin befindlichen Creme, sich auf Ihren Handrücken der Rechten oder linken Hand zu geben, möchte ich darauf hinweisen, das diese Creme noch nicht von der FDA[1] überprüft und freigegeben wurde. Deswegen soll der jeweilige der fünf Firmenchemiker unter Ihnen sich das daneben befindliche Blatt ansehen.“

Sogleich nahmen wirklich, fünf Personen das Blatt, das pro Firma am Tisch lag, in die Hand. Peter hatte sich nicht darin geirrt, dass sie jeweils einen Chemiker mitschicken würden um das, was er da ihnen anbietet, wenn möglich gleich zu kontrollieren. So erläuterte er weiter: „Natürlich bekommen Sie mit diesem Blatt vorerst nur die Eckdaten, damit Sie überprüfen können ob die FDA diese Creme auch genehmigen wird. Das wird aber weiters die Aufgabe der Firma sein, der ich heute meinen Zuschlag gebe. Zu meinen anderen Bedingungen komme ich dann später. Sobald Ihnen Ihr jeweiliger Chemiker das Okay gibt, bitte ich das auszuführen was ich zuvor erwähnt habe. Geben Sie jeweils einen Tropfen, und ich meine, *wirklich* nur einen Tropfen auf den Handrücken einer Ihrer Hände.“

1 Arzneimittelbehörde der USA

Fast zeitgleich, geben die fünf Chemiker im Raum, ihrer eigenen Truppe, mit einem Kopfnicken das Okay, worauf sich ohne Ausnahme, jeder einen Tropfen auf einen seiner Handrücken gibt.

„Bitte verstreichen Sie die Creme nicht, sondern beobachten Sie, was mit diesem Tropfen passiert…“ spricht Peter schnell weiter, bevor jemand beginnt die Creme auf seiner Haut zu verschmieren. Er beobachtet wie einer nach dem anderen im Raum, einen überraschten Blick bekommt, da sich der Tropfen vor Ihren Augen aufzulösen anfängt.

„Nicht, dass Sie glauben das sich jetzt die Creme einfach aufgelöst hat, nachdem sie nach ein paar Sekunden nichts mehr sehen. Im Gegenteil, dieser Tropfen verteilt sich nun, über Ihren gesamten Körper und dient Ihnen in den nächsten acht Stunden als Sonnenschutz bis zu einer Schutzfaktor von 20. Keine Sorge, auch die Lichtstärke kann geändert werden, nach unten oder oben.“, erläuter Peter weiter.

Überraschend beginnt einer der Herren der Firma Noster Inc. etwas abschätzig zu reden, da er doch Manager einer der größten Firmen in der USA ist: „Und das soll das besondere Produkt sein das sie uns anbieten wollen? Eine Sonnenschutzcreme die sich selbst über den ganzen Körper verteilt?“

Peter muss innerlich Grinsen und meint zu ihm: „Darf ich Sie, Herr…?“

„Ingenieur Cekurie Galasster“ antwortet dieser,

„…hier zu mir bitten?“.

Dabei schaltet Peter den Bildschirm neben sich ein und sucht schnell auf seinen Laptop das Bild von

Galasster, das die UV-Kamera gemacht hatte, als er vor dem Spiegel im Gang war. Davor hatte er sich mit der Hand, wie ein eitler Pfau, nochmals durch seine nicht mehr allzu üppigen grauen Haare, gefahren. Genau diese Aufnahme lässt Peter auf dem Bildschirm, für alle erscheinen. Im Augenwinkel kann er sehen, wie einigen der Anwesenden im Raum ein Grinsen auskommt und Galassters Gesicht kurz etwas rot anläuft, während er aufgestanden war und zu ihm, nach vorne kam.

„Ich muss mich Entschuldigen…“ erläutert Peter als nächstes, „...aber ich habe von Ihnen allen ein Video gemacht, während sie vorher vor diesem Spiegel im Gang standen. Wie sie sehen können, ist das kein normales Video.“

Und tatsächlich, dass Video war in Schwarz/Weiß, und Galasster sah wie ein Zombie darauf aus. Viele Teile seiner Haut im Gesicht waren dunkel, ja dunkelschwarz. Etwas, was Peter nicht wunderte, nach dem er ein stark gebräuntes Gesicht hatte. Die Sonne hatte ihr Werk vollbracht und ein Großteil seiner Haut war deswegen zerstört.

Kapitel 13

Nachdem auch alle anderen im Raum ihr Video gesehen hatten und geschockt waren, dass ihre Haut so zerstört war, machte Peter beginnend mit Galasster, neue Aufzeichnungen mit der UV-Kamera. Auf dieser Aufnahme konnte er sehen, dass alle dunklen Stellen an der Haut verschwunden waren. So war es auch bei den anderen Personen, nach dem sie gefilmt wurden und sie ihr neues Video anschauen konnten.

Nachdem sich alle gesetzt hatten, sprach Peter weiter: „Wie Sie jetzt gesehen haben, kann diese Creme sich nicht nur selbst verteilen, sondern auch innerhalb von ein paar Minuten zerstörte Hautzellen wiederherstellen. Es müssten sogar Melanome, also Krebszellen, abgebaut und in ungefähr acht Stunden, durch die Niere, mit dem Urin ausgeschieden werden. Das obläge Ihnen es zu testen, Beziehungsweise zu beobachtet."

Dann machte er eine demonstrative Pause, in der er beobachten konnte, wie soeben alle Gesichter überrascht zu ihm sahen. Sie waren offensichtlich von diesem Erzeugnis beeindruckt.

„Kommen wir jetzt zur Verhandlung. Sie haben eine Stunde Zeit, sich miteinander zu beraten oder bei Ihrer Firmenleitung anzurufen, um mir ein Angebot für die vollständige Formel und Vorgehensweise, wie das Produkt herzustellen ist, zu machen. Ich werde es einer Firma exklusiv, mal für drei Jahre anbieten, währenddessen diese es auf den Markt bringen und alleine Anbieten kann. Danach bekommen alle anderen Firmen in den beiden Branchen Kosmetik und Pharmazie diese Formel zu einem, dann von mir, festgesetzten Preis. So wird nicht eine Firma das einzige Monopol auf dieses sicherlich revolutionäre Produkt haben.“

Während er mit seiner Hand in Richtung eines Tisches, der ihm gegenüber an einer Wand steht, zeigte, beendete er seine Rede mit „Sie können sich währenddessen gerne von dem Buffet hinten an der Wand, wo es auch Getränke gibt, bedienen.“

Das waren Peters Bestimmungen für diesen Verkauf, denn er wollte nicht, dass eine Firma später einmal die Übermacht hatte, nur weil sie sich mit seiner Erfindung dumm und dämlich verdiente. Er hatte sogar vor, den weiteren Firmen, die Formel und deren Umsetzung, um einen Dollar abzutreten, sollte er in drei Jahren das Geld nicht mehr brauchen. Danach ging er zum Bufett, nahm davon ein paar Weintrauben und eine Tasse Kaffee und setzte sich mit seinem Stuhl so, dass er aus einem der großen Fenster blicken konnte. So sah er das Treiben auf der Atlantic Avenue und den anschließenden Park.

Insgeheim machte es ihm aber Freude, im Hintergrund zu hören wie alle Teams versuchten sich untereinander auszusprechen, ohne dass jemand von den anderen Gruppen was hörte. Da sich die ganze Szenerie auch etwas im Glas, durch das er nach draußen schaute, spiegelte, sah er wie immer wieder einer von ihnen zu seinem Blackberry oder Smartphone griff, um mit seiner Firmenleitung zu telefonieren. Besonders Galasster hing die ganze Zeit über am Handy, er war ja von Noster Inc. gerade mal mit einem Chemiker gekommen. Und es sah so aus, als ob er trotz seiner großen Töne, keine Entscheidungsrechte hatte, und erst eine Rücksprache mit dem Firmenkonzern erforderlich war, nachdem das Produkt anscheinend doch nicht so uninteressant war. Peter musste darüber etwas schmunzeln.

Schon nach fünfzehn Minuten meldete sich eine Dame der Firma Evin mit einem Angebot. Sie hatte langes Blondes Haar, das fast bis zur Hüfte ging und einen modischen Hosenanzug an, wirkte jedoch, auch wegen ihrer etwas affektierten Art auf Peter nicht sympathisch. Er hob nur seinen Arm und meinte: „Bitte legen Sie den Zettel mit Ihrem Angebot an meinem Platz, ich schaue mir es dann an, wenn alle ihr Angebot gemacht haben, beziehungsweise wenn die eine Stunde vorbei ist!"

Etwas, das der Dame, wie er wieder in der Spiegelung des Glases sehen konnte, nicht ganz behagte.

Insgesamt musste er nur vierzig Minuten warten, dann hatten alle Ihr Kaufangebot auf den Tisch vor Peters Platz gelegt. Die Leute der Firma Glean&Soft waren die letzten gewesen und da er nicht sofort reagierte, meinte einer von ihnen, dass sämtliche ihre Offerte abgeliefert hätten.

„Oh", kam es von ihm und er drehte sich mit seinem Stuhl um, „dachte nicht das es so schnell geht und das schon alle ein Angebot abgegeben haben. Dann wollen wir mal schauen!"

Er faltete ein Papier nach dem anderen auf und legte sie übereinander vor sich hin. Jede Firma hatte brav das vorgefertigte Blatt, das Peter ihnen schon von Anfang an hingelegt hatte, verwendet. Was er sah, freute ihn, denn die Angebote begannen bei 20 und endeten bei 28 Millionen Dollar. Drei boten ihm zusätzlich eine Gewinnbeteiligung zwischen 3 bis 5 Prozent an. Zwar glaubte er, dass er mit den 28 Millionen auskommen müsste, aber da sie von Noster Inc. kamen, keine Umsatzbeteiligung beinhalteten und er außerdem davon überzeugt war, dass er mehr herausschlagen könnte, meinte er, in der Hoffnung seine Nervosität nicht zu zeigen: „Okay, das Höchstgebot liegt bei 28 Millionen und es gibt auch Angebote mit Tantiemen, aber ich gebe allen nochmal die Chance ihr Angebot zu erhöhen.“

Galasster, der die Offerte mit den 28 Millionen gegeben hatte, kam ein kleines Stöhnen der Verärgerung über die Lippen. Trotzdem griff er sofort zu seinem Smartphone, was für die anderen im Raum scheinbar wie ein Startschuss galt, denn auch sie begannen, sich wieder zu beraten, oder nahmen ihre Handys zur Hand. Nach einer weiteren viertel Stunde hatten alle ihr Kaufangebot erhöht und es lagen die Zettel erneut vor Peter am Tisch.

Er entschied sich dann für das Gebot der Firma Ortý, die ihm 30 Millionen anboten plus vier Prozent Provision. Dann verabschiedete er die anderen Firmen, ohne diesen das Angebot von Ortý kundzutun, denn Noster Inc. hatte ihm jetzt 32 Millionen mit drei Prozent Gewinnbeteiligung dargeboten, aber er wollte wegen Galassters herablassender Art nichts mit dieser Firma zu tun haben. Außerdem war Ortý die kleinste der fünf Firmen. Es sollte nicht ein Big Player noch mächtiger werden. Etwas, das Peter immer schon gestört hatte, war dass sich die Großen meistens alles so richten konnten, wie sie es brauchten, um ihre Machtstellung zu Missbrauchen.

Kapitel 14

In den nächsten Tagen wurde zwischen Ortý und Peter, der seinen Anwalt immer dabei hatte, der Vertrag ausgearbeitet. Er sollte sofort 15. Millionen überwiesen bekommen und den Rest, sobald die FDA das Produkt genehmigt hatte. Die 15. Millionen würden ihm auf jeden Fall bleiben. Diesen Schritt gingen die Anwälte der Firma Ortý zwar nur ungern ein, aber da die Firmenleitung Angst hatte, dass Peter die Formel dann doch einen der Konkurrenten anbieten würde, wurden die Juristen von ihr überstimmt. Drei Tage später ging Peter am Nachmittag, nachdem sie den ganzen Vormittag die Verträge durchgearbeitet hatten, mit einem Lächeln und um 15. Millionen reicher, aus der Kanzlei seines Rechtsanwaltes, in der Innenstadt von Boston.

Jetzt brauchte er erstmal die Unterstützung von zwei seiner ehemaligen Studenten. In seiner Euphorie beschloss er, sie gleich aufzusuchen und sie beide für den heutigen Abend zu sich nach Hause, zu einem Essen einzuladen. Er hoffte sie davon zu überzeugen, dass sie mit ihm an seinem Projekt ‚*Vergangenheitsforschung*' mitmachten, denn er würde sie beide brauchen.

Das erste Schulheim was er am Campus von Harvard aufsucht, ist eines für Jungs und ein typisches Gebäude aus roten Backsteinen. Obwohl es Nachmittag war, schienen nicht allzu viele der Studenten hier zu sein. Es war ein schöner sonniger

Tag, darum waren sie zum Lernen lieber in einem der Parks. Es gab in Harvard auch insgesamt 79 Bibliotheken, wo man pauken konnte. Er selbst war da oft anzutreffen, wenn er etwas für eine der Aufgaben, die er von einem seiner Professoren damals bekommen hatte, Nachforschen musste. Aus diesem Grunde war es doch wieder nicht so verwunderlich, dass kaum Studenten auf dem Flur des Heims waren.

Peter hatte zuvor im Büro für die Studentenheime nachgefragt, wo sich die Zimmer von Joe Kings und Alegra Garmalie befände und da das Gebäude von Joe das war, das am nächsten lag, fing er bei ihm an. Im zweiten Stock bei Tür Nummer 233 angekommen, klopfte er an diese. Er hörte, wie ein Stuhl weggerückt wurde und ein paar Sekunden später, öffnete sich die Türe und Joe macht auf.

Joe war im ersten Moment etwas perplex, dass Dr. Peter Wheller vor ihm stand, und begann zu stottern: „Do... Do... Doktor Pe... Peter Wheller, was machen Sie hier bei mir? Ich dachte, Sie sind suspendiert?“

„Ja Kings, ich bin suspendiert, aber das hindert mich ja nicht, zu Ihnen hier ins Schülerheim zu kommen, um Sie zu fragen, ob Sie gerne bei einem wichtigen Projekt, dass ich angehen möchte, mit zu helfen?“, antwortet Peter ihm.

„Was für ein Projekt?“, kommt es gleich darauf aus dem Mund von Joe.

„Darüber habe ich vor, mit Ihnen heute Abend, bei einem Essen, wozu ich Sie zu mir nach Hause einladen möchte, zu reden. Auf jeden Fall mal so viel, dass ich dafür Ihre Gesamten Studienkosten übernehme und auch die Kosten für Unterkunft und Essen für Ihren weiteren Studienverlauf. Aber diesbezüglich können wir uns dann auch ausfürlicher heute Abend..., sagen wir so um 20:00 Uhr bei mir unterhalten", ergänzte Peter seine Aussage, und während Joe zustimmte, meint er nur noch „ich schicke Ihnen später meine Adresse per SMS, weil ich muss gleich weiter."

Von der ganzen Aktion überrascht, sah Joe mit offenen Mund, Peter den Gang hinunter gehen, und kurz darauf um die Ecke zum Treppenabgang, verschwinden.

Eine Viertelstunde später, befand sich Peter dann ein paar Häuser weiter. Diesmal in einem Schülerheim für Mädchen, wo er im dritten Stock die Tür Nummer 344, das Zimmer von Alegra Garmalie, sucht. Während er sich der Tür näherte, hörte er lautes Heavy Metal und dachte sich, dass er Alegra so nicht eingeschätzt hätte. Peter klopfte, jedoch wegen der dröhnenden Musik wurde das Klopfen nicht gehört. Er versuchte die Tür zu öffnen, was eigentlich nicht seine Art war, aber wie sollte er sonst die Aufmerksamkeit bekommen? Nachdem er die Tür geöffnet hatte, sah er ein Zimmer in zwei Hälften geteilt. Die eine Seite war ausnahmslos in Schwarz, mit Postern von *‚Mastodon‘* und *‚System of a down‘* so wie Kleidung am Boden und über einen Sessel. Die andere Hälfte des Raumes war ordentlich aufgeräumt, hell und freundlich, mit einem großen Bild, darauf Albert Einstein, wie er die Zunge zeigt.

Peter kam dabei in den Sinn, dass er darüber gelesen hatte, wie das Foto entstand. Es war im Jahr 1951, am 72. Geburtstag von Albert Einstein. Er saß damals auf der Rückbank eines Autos, als ein Fotograf auftauchte. 1951 war Einstein bereits ein berühmter Mann und die Fotografen lauerten ihm oft auf, um einen Schnappschuss von ihm zu machen.

Er war also nicht gerade erfreut, dass schon wieder jemand einfach so, ohne seine Erlaubnis, ein Foto von ihm machen wollte. Wegrennen konnte er nicht, da er auf der Autorückbank zwischen zwei Freunden eingeklemmt saß. Und um den Fotografen anzumeckern, dazu war er an seinem Geburtstag einfach zu gut gelaunt. So streckte er einfach die Zunge in dem Augenblick heraus, indem der Fotograf auf den Auslöser seiner Kamera drückte. Auf diese Weise entstand über ihn das bekannteste Foto aller Zeiten.[2]

Ein Aufschrei des Heavy Metal Sängers holte Peter gedanklich wieder zurück. Auf der dunklen Seite saß ein Mädchen vor einen Schreibtisch, der genauso schwarz lackiert war und wendete ihm den Rücken zu. In dem Moment wo er gerade mit lauter Stimme „Hallo“ brüllte, war das Lied, was zuvor noch alles übertönte, aus. Der Schrei erschreckte die junge Frau auf dem Stuhl. Diese fuhr hoch wie von einem Skorpion gestochen und schrie ihn an: „Was machen Sie in meinem Zimmer?“

Peter, der sich selbst von seinem lauten „Hallo“ erschreckt hatte, stolpert fast zwei Schritte nach hinten und hob beschwichtigend seine Hände, während er sich mit Worten zu Verteidigen versuchte.

„Entschuldigen Sie, ich hatte angeklopft, aber wegen dem Lärm haben Sie mich leider nicht gehört.“

2 helles-koepfchen.de/albert_einstein/

„Das gibt Ihnen aber trotzdem nicht das Recht, einfach in das Zimmer zu kommen. Was wäre, wenn ich nicht angezogen gewesen wäre, Sie Perversling.“

Peter, der jetzt rot anlief, weil er auf das gar nicht gedacht hatte, meinte nur mehr: „Da haben Sie wohl recht, das habe ich gar nicht bedacht. Ich bitte nochmals um Verzeihung, aber ist das nicht das Zimmer von Alegra Garmalie?“

Das Mädchen, dass sich durch diese Aussage etwas beruhigte, antwortet: „Ja, sie ist meine Zimmerpartnerin, aber sie ist wegen der lauten Musik wo anders hin lernen gegangen, sie hat nämlich bald eine Prüfung.“

„Wissen Sie vielleicht, wohin sie gegangen ist, oder wo sie in so einem Fall hingeht?“, war Peters Frage an das Mädchen.

Aber diese konnte ihm nur eine beiläufige Antwort darauf geben: „Entweder in einer der Bibliotheken, ich glaube, die für Physik oder in einem der Cafes in der Harvard Street.“

Nachdem Peter sich für die Auskunft bedankt und sich von Neuem entschuldigt hatte, verließ er so schnell wie möglich das Zimmer und das Gebäude. Am Gang hatten ihn dann wiederholt zwei Mädchen, etwas schräg angeschaut. Offensichtlich kam es nicht so oft vor, dass ein Mann um die dreiundvierzig, durch diese Flure marschierte und er kam sich fehl am Platze vor.

ER war erleichtert, aus dem Gebäude raus zu sein, und ging Richtung Harvard Street. Da es noch weiterhin ein fabelhafter Nachmittag war, dachte er bei sich, er würde Alegra eher in einem Café, als in der Bibliothek finden. Am Abend, wenn es finster werden würde, könnte man immer noch die Bibliothek aufsuchen. Auf jeden Fall hatte er es in seiner Studienzeit so getan. Und tatsächlich konnte er Alegra kurz darauf, im Peet's Coffee & Tea finden.

Gleichfalls war sie überrascht, Peter zu sehen, bot ihm aber sofort einen Stuhl neben sich an. „Was machen Sie hier Dr. Wheller?“

„Ich habe Sie gesucht, nachdem ich Ihre etwas schräge Mitbewohnerin aufgeschreckt habe.“ Daraufhin erzählte er ihr in Kurzem die Geschichte mit der Zimmerpartnerin.

Darauf kam nochmals die Frage von Alegra: „Und was… führt Sie jetzt zu mir?“

„Nun, ich habe vor, mit einem speziellen Projekt zu beginnen und würde dazu Ihre Hilfe benötigen. Ich würde dafür Ihre gesamten Studiengebühren und was Sie während der Studienzeit an Geld für Unterkunft und Essen brauchen, übernehmen.“

Alegra schaute Peter etwas verdattert an und meinte, weil sie nicht wusste, was sie von diesem Angebot halten sollte: „Was für ein Projekt soll das sein?“

„Das würde ich Ihnen gerne, heute Abend, bei einem Essen bei mir zu Hause um 20:00 Uhr, erklären.“, kam es aus Peters Mund, der wieder einmal nicht bedacht hatte, was das für einen Eindruck bei Alegra erweckte. Erst als er sah, dass sie ihm ein wenig verlegen anschaute, denn sie dachte, dass er ihr irgendwelche Avancen machte, und dazu ein Projekt vorschob, kam es ihm, dass er die Sache wieder einmal ein bisschen plump angegangen war. Detto wurde er etwas Rot im

Gesicht und versuchte sich zu erklären: „Entschuldigung Frau Garmalie, ich glaube, Sie haben jetzt einen falschen Eindruck von mir erhalten. Ich benötige Sie für ein Projekt. Und heute Abend beim Essen wäre auch Joe Kings dabei, den ich genau so, dafür brauche und dazu eingeladen habe.“

Alegra konnte man die Erleichterung ansehen. Ihr war zwar, Dr. Wheller sympathisch aber er war für sie uralt, mit seinen dreiundvierzig Jahren und dem grau melierten Haar. Peter gab ihr die Adresse von seinem Haus in Bay Village und verabschiedet sich von ihr. Während er aus dem Café ging, schickte er die Anschrift per SMS an Joe. Dann hieß es schnell alles für Abends einzukaufen und zu Hause vorzubereiten.

Geschichte von Einsteins Bild aus www. helles-köpfchen.de/albert_einstein/

Kapitel 15

Es war kurz vor 20:00 Uhr. Peter hatte alles für Spaghetti Bolognese besorgt. Dazu einen grünen Salat und Baguette, so wie einen guten Chianti. Es sollte schon ein passender Rotwein sein, wenn es italienisches Essen gab. Sicherheitshalber hatte er eine Karaffe mit Wasser auf den Esszimmertisch gestellt, falls einer der beiden, weil sie noch nicht einundzwanzig waren, keinen Alkohol tranken. Dieses Mal hatte er mitgedacht, aber in der Hoffnung, dass die zwei zusagen würden, war er in Feierstimmung und wollte das ganze doch mit einem guten Glas Wein feiern. Kurz dachte er darüber nach, was wohl jemand, der ihn jetzt sieben Wochen nach dem Tod seiner Frau, so sehen würde, dachte. In Wirklichkeit hatte er innerlich mit dem Tod seiner besseren Hälfte bis heute nicht abgeschlossen. Dies würde er erst können, wenn er herausgefunden hätte, was zum Tod seiner Ehefrau geführt hat. Dann hätte er noch genügend Zeit, um sie zu trauern. Außerdem war er bis jetzt immer so beschäftigt gewesen, dass für die Verarbeitung keine Zeit war.

Er wurde vom Läuten der Türglocke aus seinen Gedanken gerissen und ging zur Tür, um sie zu öffnen. Da waren beide. Joe war etwas nervös, weil Alegra neben ihn stand und er ein wenig in sie verliebt war. Und er wusste ja nichts davon, dass sie auch hier sein würde.

Peter bat sie in sein Haus herein, das zu einer Reihe von Bauwerken gehörte, die in irgendeinem noblen Viertel der Stadt stehen könnten. Ashley und er hatten es zu einer Zeit gekauft, wo die Grund- und Häuserpreise in dieser Gegend von Boston noch nicht die horrenden Preise von heute aufwiesen. Vor dem Haus befand sich ein schlichter Vorgarten mit Wiese und Sträuchern und dahinter eine Wiese mit einer Hecke als Sichtschutz. Sogar ein kleines Gartenhaus befand sich am Grundstück. Da sich ihr Haus am Ende der Straße befand, gab es auf der Seite auch eine Hecke, das bis zu dem angrenzenden Wald ging. In diesem waren Peter und Ashley immer Joggen gegangen. Der Weg in den Wald ging neben dieser Umfriedung her und wurde auf der anderen Seite mit einer weiteren begrenzt.

Anfänglich war die Atmosphäre angespannt, aber nach und nach wurden alle drei immer lockerer, während sie genüsslich die Spaghetti Bolognese aßen. Peter hatte vorgeschlagen, zuerst mal zu essen, um sich privat besser kennen zu lernen. Danach würde er ihnen von dem Projekt erzählen. Beide, Alegra wie Joe waren nicht abgeneigt, den Rotwein zu kosten, für den Peter extra in die Washington Street, in den BRIX Wine Shop gefahren war, um dort einen Chianti vom Weingut Nittardi, aus Siena Italien zu bekommen. Die Flasche hatte fast zwanzig Dollar gekostet, aber dafür war der Wein ein echter Genuss. Es freute ihm, dass die beiden auftauten. Nachfolgend würden sie deswegen bestimmt „Ja“ zu seinem Angebot sagen, wenn sie jetzt schon so entspannt waren. Er war sich sicher, wenn er Alegra dazu bringt, dass sie zusagt, dann würde Joe auf jeden Fall auch ja sagen. Dadurch könnte er ja in der Nähe von Alegra sein. Während seinen Lesungen hatte er bereits gesehen, dass Joe für Alegra Sympathien hegte, aber so wie er sich gerade benahm, musste man schon blind sein, um das nicht zu erkennen.

Als verhungerte Studenten, die anscheinend nie was gutes zu Essen bekamen, nahmen alle beide nochmals eine Portion Spaghetti und aßen genüsslich weiter. Nach über einer Stunde, nachdem Peter wiederholt ihre Gläser mit dem Wein gefüllt hatte, begann er endlich mit den Worten: „So ihr zwei, jetzt würde ich euch gerne erklären, was ich machen möchte und wobei ich eure Hilfe bräuchte!"

Beide hörten aufmerksam zu, während er ihnen davon erzählte, wie seine Frau umgekommen sei und was er herausgefunden hatte, das ihm nicht an einem Unfall glauben ließ. Dann kam er zur Sache: „Aus ebenjenen Grund möchte ich eine Maschine bauen, die zumindest mal eine Kamera in die Vergangenheit transportiert, damit wir Aufnahmen von diesem Vorfall machen könnten. Und bevor ihr mich für verrückt haltet, ich habe schon vor Jahren ein Konzept erarbeitet, mit dem es funktionieren müsste. Ich werde euch heute noch davon die Notizen zeigen. Ich habe damals begonnen in Harvard zu lehren, und aus zeitmangel hatte ich es in eine Schublade gesteckt und bis vor ein paar Wochen, nicht mehr daran gedacht."

Jetzt machte Peter mal eine Pause, um ihnen die Möglichkeit zu geben, darüber nachzudenken. Dabei beobachtete er, wie sie sich gegenseitig anschauten, so ob der eine, den anderen fragen will: „Glaubst du das, was wir da gerade gehört haben?"

Nachdem sie ihm wieder anblickten, aber keiner etwas sagte, fuhr Peter fort: „Wie ich euch schon heute Nachmittag gesagt habe, würde ich dafür eure Studiengebühren übernehmen und die Kosten für Unterkunft und Essen. Wobei ihr selbst entscheiden könnt, ob ihr in euren Zimmern im Studentenheim bleibt oder ob ihr eines der drei Gästezimmer nehmt, die sich oben im ersten Stock befinden", dabei zeigte er mit seiner Hand nach oben. „Nur zur Info, wir würden hier im Wohnzimmer und unten im Keller an diesem Projekt arbeiten."

Nachdem Alegra hörte, dass sie hier im Haus ein eigenes Zimmer haben könnte, waren ihre anfänglichen Zweifel schon fast ausgeräumt. Dies würde für sie bedeuten, endlich von Marie ihrer schrecklichen Zimmernachbarin loszukommen. Bei dieser war es nicht möglich, nur eine Minute Ruhe zu haben, um zu lernen. Das pauken im Café oder in der Bibliothek war auch nicht wirklich ruhig, da man immer wieder von jemanden gestört wurde. Trotzdem wollte sie doch zuerst die Aufzeichnungen noch anschauen und meinte: „Könnten wir die Notizen, die Sie gemacht haben, sehen?"

„Aber natürlich", entgegnete ihr Peter und holte hinter sich von einem Beistelltisch die Mappe, die er schon zuvor dort hingelegt hatte, um sie Alegra zu geben.

Diese begann sofort, die einzelnen losen Zetteln, genau durch zu schauen. Selbst auf einer Papierserviette waren Notizen, sehr zur Verwunderung von Alegra. So hob sie diese hoch und sah Peter groß an, der nur mit den Schultern zuckte, grinste und meinte: „Habe halt alles verwendet, was gerade griffbereit war, wenn ich von einer Idee überflutet wurde."

Alegra erwiderte das Grinsen mit einem Lächeln und schaute sich weiter die Notizen an. Und das fast eine Stunde lang. Peter lies sie dabei kaum aus dem Auge und Joe auch nicht. Nur Joe hatte einen anderen Grund als Peter. Er versuchte zu erkennen, ob sie von dem, was sie da liest, sich überzeugen ließ. Obschon sich über Alegras Stirn immer wieder kleine Falten legten, weil sie total konzentriert war, so lies sie sich aber nicht anmerken, ob sie von dem, was sie las, auch überzeugt war. Dann nach einer Stunde hob sie endlich ihren Kopf, schloss kurz die Augen, legte die Hände in den Nacken, weil sie durch das angestrengte Lesen verspannt war, und sagte zuerst gar nichts. Peter wurde deswegen nervös. Er wusste, er bräuchte sie. Es ginge vielleicht auch mit Frederik, aber sie war die bessere im Programmieren. Das hatte er immer wieder von den Studenten gehört, denen Alegra geholfen hatte, wenn sie mal für ihr Smartphone oder Laptop Hilfe benötigten.

Und plötzlich, nachdem sie nochmal tief ein- und ausatmete, begann sie zu sagen: „Okay ich bin dabei, das klingt logisch was Sie da am Papier und der Serviette...", im Zuge dessen grinste sie, „...niedergeschrieben haben. Wenn ich das, was ich auch in den letzten zwei Jahren von Ihnen in Ihren Vorlesungen gehört habe, mit einbeziehe."

Zu Joe gerichtet und den Ordner in seine Richtung schiebend, sagte sie zu ihm: „Hier, jetzt kannst du dir das anschauen!“

Joe erwidert aber nur: „Nö, es reicht mir, wenn du davon überzeugt bist, ich bin dabei“, und schiebt die Mappe wieder zu ihr zurück.

Peter, der sich schon gedacht hatte, dass es mit Joe so kommen würde, musste innerlich grinsen. Aber er war heilfroh, dass Joe mitmachte. Ihm brauchte er, um die Zeitmaschine selber, und die Maschinen zum Bauen der Zeitmaschine, herzustellen. Joes Vater war Maschinenbautechniker und er hatte Joe schon von klein auf immer mit in seine Firma genommen, und dort vieles beigebracht. Darum hatte Joe sich als Nebenfach Werkzeug- und Maschinenbau genommen, denn sollte er in Physik und Chemie versagen, dann würde er einmal die Firma seines Vaters übernehmen. Das hatte Joe Peter mal erzählt, als er einmal die Physikprüfung versaut hatte. Was vorher aber auch danach, nie mehr vor kam. Erst nach seiner zynischen Antwort, dass er aus diesen Gründen versorgt wäre, wenn er in den Fächern, die Peter unterrichtet, versagte, gab er den echten Grund an. Er hatte die Prüfung verhaut, weil sein Bruder am Wochenende geheiratet hatte und genau den Tag vor der Klausur, der Polterabend war. Er sei voll verkatert in die Uni gekommen.

Zur Feier des Tages öffnete Peter eine zweite Flasche Chianti von Nittardi und es wurde Bruderschaft getrunken, was das sofortige Duzen mit einschloss. Beide nahmen außerdem das Angebot an, bei ihm in den Gästezimmern einzuziehen. Alegra wegen ihrer Zimmerkollegin und Joe, um Alegra nahe zu sein.

Kapitel 16

Es dauerte zwei Tage, bis Alegra und Joe umgezogen waren. Peter hatte ihnen seinen Volvo angeboten, aber Joe hatte einen alten VW-Bus und meinte, er könne damit auch Alegra helfen. Also standen sie tags darauf, nach einem gemeinsamen Essen, nachmittags mit den Utensilien von Alegra, vor dem Eingang. Joe kam am nächsten Tag, mit seinen Sachen. Studenten, die in einem Heim wohnten, hatten ja nicht so viel, dass sie stundenlang zum tragen gebraucht hätten. Aber es war bei beiden in den letzten zwei Jahren doch ein wenig an Sachen zusammengekommen.

Alegra hatte sich entschieden, das Gästezimmer nach hinten Richtung Garten zu nehmen. Da darauf gleich Bäume eines Parks waren, war das Zimmer das Ruhigere. Die zwei Jahre mit Marie hatten Kraft gekostet. Außerdem hatte der Raum einen kleinen Erker, mit einer Bank, wo man sich hinsetzen und ins Grüne schauen konnte. Das war ideal, um beim Lernen innere Ruhe zu finden.

Joe nahm dann das Gästezimmer, dass nach vorne zur Straße ging und neben dem Schlafzimmer von Peter lag. Dieses Zimmer würde aber genauso friedlich sein, da das Haus, das letzte in einer Sackgasse war. Nur manchmal fuhr ein Auto vorbei, um zu wenden. Erker hatte dieser Raum keinen. Nur das war Joe so und so egal, denn er hatte beim Lernen meistens seine Kopfhörer auf und hörte dabei

Musik. Er meinte, er könne sich nicht vorbereiten, wenn es ganz leise sei, weil er seine Hausaufgaben in der Grundschule oft in der Firma seines Vaters gemacht hatte, wo es immer Lärm gab.

Alegra begann dann noch am gleichen Tag, nachdem sie alle Kartons und Säcke von Joe in sein Zimmer trug und Mittag aß, an den Programmen zu schreiben. Software die Peter für die Arbeitsausführungen der Maschinen, zum Bauen der Zeitmaschine, brauchen würde. Die Arbeiten daran würden sehr komplex sein, darum wollte sie damit schnell beginnen. Peter war noch am Abend vorher mit ihr in einem großen Computer Store, in die Stadt gefahren, und hatte, sie das Gerät aussuchen lassen, das sie für die Arbeit benötigte. Sie hatte sich einen Laptop genommen, der zurzeit die beste Leistung brachte, und zu Hause installierte sie sofort ein Linuxsystem. Der stand jetzt im Wohnzimmer auf einem Schreibtisch, den Peter extra dafür gekauft und liefern hatte lassen. Ein weiter Grund, warum sie mit dem Programmieren gleich begann, war, dass sie demnächst mehrere Prüfungen abzulegen hatte und dann schon einiges an Arbeit fertig haben wollte.

Tags darauf gingen Joe und Peter in einem der großen Fachmärkte, um sich Werkzeug und Maschinen, die sie nicht selber herstellen könnten, sowie Material, zu kaufen. Das ganze würden sie brauchen, um zu aller erst eine Apparatur zu bauen, die Glas schmelzen konnte und dann daraus geschliffene Prismen herstellte, die nur einen Millimeter groß sein durften. Einiges bekam man nicht in diesen Märkten, darum fuhren die beiden auch zu Spezialgeschäften, um dort die restlichen Sachen zu kaufen. Eine gewaltige Werkbank, mit der sie mehrere Arbeiten mit Metall machen konnten, sollte am nächsten Tag geliefert werden. Nur da gab es ein Problem, die Tür, die von außen in den Keller von Peters Haus führte, wäre zu klein, um sie als Ganzes hinein zu bekommen. Darum kauften sie eine größere Türe, die sie nachmittags gemeinsam montieren wollten.

Zum Glück waren sie mit dem VW-Bus von Joe unterwegs, der hatte Gepäckträger am Dach, worauf sie die Tür fixierten. Beide hofften, dass sie auf der Fahrt nach Hause nicht von einer Polizeistreife aufgehalten würden. Denn die Türe stand links und rechts weit hinaus. Joe fuhr langsam und auf Nebenstraßen, so dass sie zum Glück an keiner Polizeieinheit vorbei kamen. Beim Einbauen der Türe gab es das nächste Problem. Peter hatte was Handwerkliches betraf zwei linke Hände. Darum musste Joe, drei Mexikaner, die bei einem Baumarkt darauf warteten, dass ihnen jemand eine Arbeit anbot, anheuern. Dann ging es endlich mit dem Herausreißen der alten Tür und einiger Reihen roter Backsteinziegel los. Da sie damit erst um 22:00 Uhr fertig waren, sollten die Handwerker am nächsten Morgen wiederkommen, um die Türe einzubauen, nachdem die Werkbank geliefert und in den Keller gestellt worden war.

Zwei Tage später war endlich alles so weit eingerichtet, dass sie mit der eigentlichen Arbeit beginnen konnten.

Kapitel 17

Alegra hatte in den letzten Tagen schon gute Arbeit geleistet und einiges an Quelltext geschrieben. Damit würde die Maschine, die die Glasprismen herstellt, funktionieren. Das Problem dabei bestand darin, dass diese Prismen nur einen Millimeter groß sein durften, aber trotz der kleinen Größe, präzise geschliffen sein mussten. Nur so würden sie ihre Funktion richtig erfüllen können.

Joe hatte begonnen die Baupläne und Schaltpläne von dieser Maschine zu planen und zu zeichnen. Dafür hatten Alegra und Peter ihm im Computerstore eines der neuesten PC-Modelle gekauft, plus einen 27 Zoll Monitor dazu. Er saß neben Alegra, auf einem zweiten Schreibtisch. Peter wunderte sich, dass er nicht zu abgelenkt war, um die Pläne zu entwickeln und zu zeichnen. Da der Laptop von Alegra, mit Joe´s PC verbunden war, konnten die beiden Fertiges am PC testen. Dazu schrieb sie eine eigene Software, das die Autocad Anwendung, mit der Joe arbeitete, mit ihrem geschriebenen Code verband und dann eine Computersimulation durchführte. So würden sie Kosten und Zeit sparen und mussten nicht immer wieder die Maschine umbauen oder etwas daran verändern.

Das war der Grund, warum Peter, Alegra gewählt hatte. Er hatte schon geahnt, dass sie ein solches Talent hatte und das deswegen das Projekt schneller und sicher vorangehen würde. Zurzeit half er beim Brainstorming, versorgte sie mit Essen und Getränken, weil beide so in die Arbeit vertieft waren, so dass sie darauf vergessen würden.

Mittlerweile war Peter etwas weniger Negativ gegenüber dem Internet eingestellt. Er suchte schon seit ein paar Tagen darin nach einer Glaserei, die ihm zwei exakte Glaszylinder machen könnte. Diese müssten ineinander passen und dazwischen genau einen Abstand von 1,2 Millimeter haben. Nach längerer Suche fand er eine Firma in Italien, bei Murano. Laut Homepage übernahm sie Spezialaufträge und sie stellte hochqualifiziertes Glas her. In Europa war schon 23:00 Uhr, darum musste er bis zum nächsten Tag mit seinem Anruf warten. Beim gemeinsamen Abendessen brachte er die Hoffnung zum Ausdruck, dass diese Firma zwei Zylinder anfertigen könnte.

„Hoffentlich kann jemand in diesem Betrieb Englisch, weil ich kann vkein Wort Italienisch. Kann vielleicht einer von euch beiden Italienisch?“, fragte Peter.

Alegra und Joe verneinten es. Einen Dolmetscher in die Sache einzuweihen wollte er unbedingt vermeiden. Es hatte ihm schon gestört, dass drei Mexikaner da waren. Zum Glück hatten sie von dem Projekt nichts mitbekommen und nur gemeint, dass Peter sich da eine ausgezeichnete Werkstatt einrichtete. Im gebrochenen Englisch, mit spanischen Akzent, wünschte einer von ihnen, für die Metallarbeiten, gutes Gelingen.

Nach dem Abendessen richtete Peter etwas Kuchen her und legte jeden einen Teller davon neben seiner Tastatur, sowie das jeweilige Lieblingsgetränk.

Alegra trank am liebsten ungesüßten Eistee und Joe eine Diet-Coke. Er selbst blieb bei Wasser. Das hatte er sich vor Jahren angewöhnt und seit dem er jeden Tag mindestens zwei bis drei Liter davon trank, fühlte er sich weniger müde. Zuvor hatte er mit viel Kaffee und Coke gegen die Müdigkeit angekämpft und war trotzdem kraftlos geblieben. Bis jetzt konnte er Alegra und Joe nicht vom Wassertrinken überzeugen. Nachdem er die beiden bedient hatte, setzte er sich zu seinem Tisch, schrieb sich die Telefonnummer und den Namen der Glaserei in Murano auf und suchte im Internet weiter nach einer Firma für Klebefolien. Diese müsste hauchdünn, strapazierfähig, 100% lichtdurchlässig sein und durfte das durchscheinende Licht nicht verfälschen. Auf sie würden die ein Millimeter großen Prismen geklebt, die genau zwischen die beiden Glaszylinder passen müssten. Die Folie durfte also nur eine Dicke von 0,2 Millimetern haben. Dazu brauchten sie eine Maschine, die die Prismen exakt, mit so geringen Abstand wie möglich, aber jeweils etwas versetzt, auf die Folie klebte. Eine weitere Apparatur sollte dann den kleineren Zylinder in den größeren schieben, ohne das die Prismen, die zuvor an die Innenwand des äußeren geklebt wurden, zerstört werden. Das waren die Herausforderungen für die nächste Zeit, vor denen sie standen.

Nachdem er bis 22:00 Uhr nicht fündig geworden war, und ihm seine Augen brannten, ging er schlafen. Alegra und Joe waren so mit ihrer eigenen Arbeit beschäftigt, dass sie sein „Gute Nacht“ nur schnell mit einem „Nacht“ beantworteten, ohne dabei von ihren Monitoren aufzublicken. Peter war das schon gewöhnt, dachte darüber nicht mehr nach und stieg die Treppen hoch, zum Schlafzimmer. Er war zwar sehr müde, aber konnte nicht gleich einschlafen, sondern musste an Ashley denken. Es war das erste Mal, dass ihm Tränen über seine Wangen liefen. Mit einem Seufzer und dem Satz „Ich vermisse dich mein Schatz“, drehte er sich zur Seite, worauf er dann doch einschlief.

Kapitel 18

Tags darauf telefonierte Peter gleich um 8:00 Uhr vormittags mit der Glaserei in Murano. Dort war es gerade 14:00 Uhr. Nach anfänglichen Schwierigkeiten wurde ein Mitarbeiter der Firma geholt, der einigermaßen gut Englisch konnte. Sein Name war Francesco und mit einigem Hin und Her, verstand er, was Peter haben wollte. Der größere Zylinder sollte einen Durchmesser von 60 Zentimeter haben. Der kleinere, das notwendige Maß, damit er in den anderen hineinpasste und einen Abstand von 1,2 Millimetern hätte. Nachdem sich Francesco mit seinem Chef einige Zeit unterhalten hatte und der dann anscheinend verstand, was gebraucht wurde, nahm dieser den Telefonhörer wieder in die Hand.

Jetzt konnte der Chef doch Englisch und meinte: „Das wird aber teuer und ich muss eine Spezialfirma damit beauftragen, die die beiden Zylinder dann sicher in die USA bringen".

Peter versicherte: „Der Preis ist kein Problem. Wenn Sie möchten, überweise ich gerne die Hälfte im Voraus".

Darauf hörte er nur ein Gemurmel am Apparat und hinterher eine etwas fröhlichere Stimme die sagte: „Gut, ich bestätige hiermit, dass ich Ihren Auftrag übernehme. Bitte sagen Sie mir Ihre E-Mail Adresse an, damit ich Ihnen den Auftrag schriftlich zuschicke. Darauf finden Sie auch unsere Bankdaten für die Überweisung."

Das mit den E-Mails hatte Peter schon im Griff. Er sagte ihm Zeichen per Zeichen seine E-Mail-Adresse an. Danach verabschiedete sich der Mann aus Murano mit dem Hinweis, dass er noch heute das Angebot schicke. Es kam noch ein „Ciao“ und dann war die Leitung unterbrochen. Der Glaser aus Italien hatte aufgelegt.

Alegra und Joe dürften bis weit in die Nacht hinein gearbeitet und danach miteinander unterhalten haben, da er zwei leere Bierflaschen am Küchentisch stehen sah. Sie nutzten immer wieder ihre Freiheit, die sie hier bei Peter hatten, aus, um sich das eine oder andere Bier, oder Glas Wein zu gönnen. So lange es bei dem einem blieb, gab es für ihn kein Problem damit und sie hielten sich an diese Anweisung von ihm.

Es freute ihn, dass die beiden sich näher kamen. Alegra taute auch ihm gegenüber langsam auf, was nett war, da sie in der Vergangenheit stets sehr verschlossen war. Irgendetwas musste in ihrer Kindheit geschehen sein. Peter hatte eine gute Menschenkenntnis und es fiel ihm immer wieder auf, wenn etwas bei seinen Studenten nicht passte. Oft hatte er den einen oder anderen darauf angesprochen und einige Male, hatte sich jemand ihm gegenüber auch geöffnet. Wo er konnte hat er dann geholfen, beziehungsweise sie an jemanden verwiesen, der ihnen professionell helfen konnte. Auf jeden Fall waren ihm seine Schüler nie gleichgültig gewesen und deswegen freute er sich, dass es so gut bei den beiden lief.

Da er noch nicht gefrühstückt hatte, machte er sich einen Kaffee und nahm aus der Brotdose einen

Bagel vom Vortag, den er mit dem Toaster etwas aufbuk und mit Frischkäse bestrich. Es war zwar kein Delikatessenfrühstück, doch erfüllte es seinen Zweck. Mit der Kaffeetasse in der einen Hand und dem halbfertigen Bagel in der anderen setze er sich zu seinem Laptop und fing wieder mit der Suche nach der notwendigen Klebefolie an.

So um 11:00 Uhr kam dann Alegra vom ersten Stock herunter, nachdem sie sich geduscht hatte. So hatte es Peter vernommen, weil er das Wasser der Dusche zuvor gehört hatte. Sie holte sich einen Eistee aus dem Kühlschrank, kam zu ihm ins Wohnzimmer und sagte, als sie ihn sah: „Guten Morgen."

Er erwiderte ihr „Guten Morgen" und sie sprach gleich weiter: „Ich muss heute mal auf die Uni. Ich habe nächste Woche eine Prüfung und will dazu die Vorlesungen nicht versäumen."

„Aber sicher Alegra, die Uni geht vor, du weißt, dass ich euch darin vollständig unterstütze" antwortete Peter.

„Okay, dann ist ja alles klar, ich bin so um 18:00 Uhr wieder hier, treffe mich noch mit einer Freundin anschließend", kommt es freundlich aus dem Mund von ihr. Darauf verlies sie beschwingt, pfeifend und mit guter Laune das Haus.

„Na, das Gespräch zwischen den beiden gestern Abend hat seine Wirkung nicht verfehlt", dachte Peter sich und widmete sich wieder seiner Suche im Internet.

Nachdem eine Stunde später Joe frisch und fröhlich ins Wohnzimmer schneite, hatte er immer noch keine passende Firma für Klebefolien gefunden.

Er hatte sogar schon zwei, nein drei angerufen und direkt wegen einer geeigneten Folie nachgefragt. Da kam es ihm aus dem Mund: „Na, das war gestern Abend wohl eine erfolgreiches Gespräch?"

Joe brauchte etwas bis er kapierte, was Peter damit anspielte, aber dann lächelte er über sein ganzes Gesicht und meinte: „Ja, das kann man sagen, sie hat mich endlich bemerkt und sie hat sogar meine Hand kurz berührt. Denkst du, dass ich bei ihr Chancen habe?"

„Du bist nicht hässlich...", dabei grinste Peter, „...und du bist doch charmant, so wie ich es bis jetzt mitbekommen habe. Wenn du nicht wirklich was Saublödes anstellst, wüsste ich nicht, warum sie dich nicht mögen sollte."

„Gut, dann werde ich weiterhin charmant sein", kam es von Joe Retoure, mit einem breiten Lächeln über sein Gesicht, um darauf zu fragen: „Aber was suchst du da die ganze Zeit im Netz?"

„Nun, ich habe heute Morgen bereits eine Glaserei in Murano angerufen. Übrigens, die habe ich gestern im Internet gefunden. Sie wird die Glaszylinder herstellen und liefern lassen. Kostet eine ganz schöne Stange Geld. Aber egal, wir brauchen diese Zylinder." Beim letzten Satz schüttelt er leicht den Kopf, um danach auf die Suchseite am Monitor zu zeigen und fortzusetzen. „Aber wir benötigen noch eine Firma für eine passende Klebefolie."

Darauf wendete Joe ein: „Das wird nicht klappen, weil die Folie, besonders der Kleber der da verwendet wird, nicht durchsichtig genug ist. Er wird das Licht trüben und umlenken."

„Was können wir dann machen? Die Prismen müssen mit etwas auf der Innenseite des äußeren Zylinders, angebracht werden.“, erwiderte Peter.

„Ich habe da unlängst bei einer Messe einen Verkäufer kennen gelernt, der einen Industriekleber anbot, der nachdem man die beiden Enden zusammendrückte, sofort hielt. Was für uns noch wichtiger ist, als er Glas auf Glas klebte, sah man von dem Kleber nichts. Er war genauso durchsichtig wie das Glas. Was hältst du davon, wenn wir uns diesen Klebstoff besorgen und die Prismen direkt auf dem Glas verkleben?“, kam eine Idee von Joe.

„Meinst du, dass dies funktionieren könnte?“, fragte Peter.

„Hmm, na ja...“, Joe richtete seinen Blick Richtung Decke, weil er nachdachte, „...der Greifarm des Roboters, der dafür erforderlich ist, der müsste sehr präzise arbeiten. Dann wäre nur darauf zu achten, dass er selbst von dem Kleber nichts abbekommt.“, er machte wieder eine kurze Gedankenpause und sprach dann weiter: „Alegra kann das schon hinbekommen, die Software so zu schreiben, dass der Arm exakt arbeitet und so nur die eine Fläche des Prismas den Klebstoff abkriegt. So dürfte es klappen. Übrigens, wir können dann den gleichen Arm auch dafür verwenden, dass er den kleineren Zylinder in den größeren schiebt ohne das er die Prismen dabei beschädigt.“

„Das klingt gut, was meinst du, wie dick wird der Kleber auftragen? Die Zylinder müssen ja das richtige Maß haben.“ War die nächste Frage von Peter an Joe.

„Dazu brauchen wir diesen Kleber. Dann kann ich das vermessen. Das Gerät dafür haben wir schon.“, war die Antwort.

„Okay, wir bestellen als erstes diesen Kleber und sobald du die Dicke bemessen hast, schicke ich die neuen Maße an die Firma in Italien. Werde ihnen nur gleich schreiben, dass sie mit der Herstellung etwas warten sollen,“ war das Fazit von Peter.

Kapitel 19

Joe besorgte den Industriekleber und machte die Messung für die genaue Dicke. Resultierend daraus sendete Peter die geänderten Maße an die Firma in Murano.

Darauf blieb Peter nichts mehr zu tun außer Joe beim Bauen der Prismenmaschine zur Hand zu gehen. Sie hatten sich auf diesen Namen für die Maschine geeinigt, weil keinen von den dreien etwas Besseres eingefallen war.

Peter hatte bei der Glaserei in Murano gleich Glasstäbe mit einem Durchmesser von fünfundzwanzig Zentimetern bestellt, um damit die Maschine zu füttern, die die Prismen herstellt. Sie war nach drei Wochen fertig, aber sie könnten sie erst testen, wenn sie die Glasstäbe hätten. Leider verzögerte sich die Auslieferung seitens der Glaserei, da diese ein Problem hatte, die Zylinder mit der Reinheit zu produzieren, die von Peter gewünscht war. Die letzte Siliziumlieferung war leider verunreinigt, wie Francesco am Telefon meinte, nachdem Peter wegen der Verspätung anrief. Er garantierte aber, dass sie in den nächsten zwölf Tagen die Lieferung absenden würden. Peter sagte darauf nur, dass wenn dem nicht so sei, er dann nur einen Teil der zweiten Zahlung überweisen würde. Damit hatte er den richtigen Nerv getroffen, denn daraufhin bekam er nach zehn Tagen eine E-Mail von einer Versandfirma mit der Bezeichnung ‚GO‘, die ihm die Übernahme von einer Sonderlieferung auf seinen Namen und seine Adresse bestätigte. Da er die Lieferung so bald wie möglich haben wollte, rief er bei der Nummer dieser Firma an. Nach mehreren Weiterleitungen kam er endgültig an die für seine Lieferung zuständige Person. Mit ihr wurde ausgemacht, das etwas schwerere Paket per Charterflug nach Boston zu bringen. Vom Frachtflughafen würde eine Spedition, die mit der Firma ‚GO' zusammenarbeitet, die Fracht zu ihm liefern. Peter müsste aber dafür die extra Kosten übernehmen.

So war dann die Palette mit seiner Bestellung einen Tag später vor der Haustüre. Nach, für ihn, sieben langen Wochen. Die Prismenmaschine war schon seit vierzehn Tagen fertig und einsatzbereit. Das meiste Gewicht bei der Lieferung machten die Glasstäbe aus, denn er hatte gleich mehr bestellt, damit es nicht noch eine Verzögerung gab, falls die ersten Versuche fehlschlagen würden.

Joe und Alegra mussten inzwischen einige Prüfungen an der Uni ablegen. So war ihnen die Zeitverzögerung nur recht. Aber heute, wo sie die Prismenmaschine das erste Mal testen wollten, waren auch sie gespannt und standen mit Peter davor. Joe schaltete sie ein und Peter hob einen der Stäbe an die Öffnung, in der er hinein geschoben gehörte. Einen Moment dachte er, die Maschine habe einen Defekt, aber dann begann sie den Stab nach innen zu ziehen. Dort kam sie zuerst in einen Bereich, in der das Glas so stark erhitzt wurde, dass es zu schmelzen anfing. Damit das erreicht werden konnte, war Starkstrom mit mindestens 380 Volt notwendig.

Eine Starkstromleitung hier in Bay Village eingeleitet zu bekommen war gar nicht so einfach gewesen. Peter hatte dafür einige Anträge gestellt, weil er gleich vier solcher Leitungen bräuchte. Das war mit dem einrichten einer privaten Werkstatt für Maschinenbau nicht zu rechtfertigen. Sogar das FBI hatte jemanden geschickt, der sich vergewissern sollte, dass hier nichts Illegales geschieht. Aber nach ein paar zufrieden stellenden Antworten war der Agent abgezogen. Weitere zwölf Tage später wurden die Leitungen vom um die Ecke liegenden Verteilerzentrum zu ihm geleitet. Das hatte zwar einige Wochen gedauert, aber da sich die Lieferung der Glaszylinder verspätete, waren die vier Zuleitungen noch vor der Fertigstellung der Prismenmaschine eingeleitet.

Nach etwa zwanzig Minuten kamen am anderen Ende der Maschinen die ersten Prismen heraus. Peter nahm gleich einen mit einer Pinzette in die Hand und schaute ihn durch eine Uhrmacherlupe an. Damit war aber die Reinheit, die benötigt würde, nicht zu bestimmen. Darum gingen alle drei nach oben ins Wohnzimmer und legten das winzige Stück unter ein Mikroskop, das mit dem PC von Joe verbunden war. Damit konnten sie es so vergrößern, dass das kleine Prisma so groß wie der ganze Bildschirm war. Zusätzlich mit einem Messgerät maßen sie dann die Lichtzerstreuung. Das Ergebnis war mehr als zufrieden stellend.

Der Roboterarm, der die Prismen in den Zylinder kleben sollte, war noch nicht fertig, allerdings dauerte es keine drei Tage und sie konnten auch damit beginnen. Da diese Arbeit totale Präzision benötigte, würde es doch 24 Stunden brauchen, bis der Zylinder als Gesamtes innen mit Prismen besetzt wäre. Aber sie hatten ja noch einiges an Tätigkeiten und Besorgungen zu erledigen. Extrastarke Halogen Leuchten wurden gebraucht und dann Elektromagnete mit extrem hoher Leistung. Dazu ebenfalls, ein auf -270 Celsius gekühltes, flüssiges Helium, um die Zeitmaschine kühlen zu können. Außerdem würde dadurch die elektromagnetische Stärke zusätzlich erhöht.

Kapitel 20

Die letzten Wochen waren wie im Flug vergangen und endlich hatten sie genügen Zeit, um am Plan für die Zeitmaschine zu tüfteln. Wo sollte alles platziert werden? Zum Beispiel mussten die Halogen Leuchten um die Zylinder herum ausgerichtet werden damit die Millionen Prismen das Licht innerhalb dieser zerstreuen. Im Folgenden wirken die Elektromagneten leistungsstark darauf ein, und abschließend bräuchte man die Software, die Alegra anhand der Aufzeichnungen von Peter geschrieben hatte. Alles zusammen sollte bewirken, das Objekte innerhalb der Zylinder sich auf Molekularebene auflösten.

Der zweite Schritt war ein weiteres, stärkeres elektromagnetisches Feld aufzubauen, das unter den Zylindern ein Wurmloch öffnete. Dieses beförderte die Moleküle, des zuvor zerlegten Gegenstandes, in die per Softwaresystem angegebene Zeit. Und wenn alles klappte, würde das Objekt dort, in der richtigen Reihenfolge wieder zusammengesetzt. Den Ort müsste man vorher mit der Software, per Längen- und Breitengrade, plus auf die Zentimeter genaue Höhenmeter, angeben. Peter war sich aber nicht sicher, was passieren würde, wenn sich dort, wo das Objekt wäre, ein Gegenstand, zum Beispiel eine Mauer oder ein Baum befände. Darum müsste der Platz gut ausgewählt sein. Im Endeffekt bräuchten sie acht Tage bis der Plan fertig wäre und Joe mit Hilfe von Peter beginnen konnte, die Zeitmaschine zu bauen.

Joe und Alegra waren sich in den letzten Wochen viel näher gekommen. Man konnte bei Alegra spüren, dass sie ein wenig in Joe verliebt war, auch wenn sie nach wie vor, etwas zurückhaltend blieb. Aber er ein wahrer Gentleman und ließ ihr so viel Zeit, wie sie eben brauchte.

Zuerst dachten Peter und Joe, dass Alegra sich jetzt einfach ihrem Studium zuwenden würde, weil sie mit ihrer Arbeit Fertig war. Sie hatte sämtliche Software fertig geschrieben und ob die Software für die Zeitmaschine funktionieren würde oder noch was daran geändert gehörte, würden sie erst wissen, wenn der erste Versuch damit gelaufen wäre. Die Simulation am Computer hatte 100% Erfolg gezeigt, dennoch, in der Praxis konnte immer etwas schief gehen. Doch sie wollte beim Bau der Maschine mithelfen und stellte sich dabei gar nicht so ungeschickt an. Da war Peter eher der Tollpatsch, der mal dort und da, die falsche Schraube verwendetete, um etwas zu montieren.

Obwohl die Gesamtfläche des Kellers fast 100 m² hatte, kamen sie langsam den Wänden immer näher. Im Besonderen die Elektromagneten, die jeweils eine Größe eines kleinen Kühlschranks hatten, brauchten Platz. Obendrein wurde alles mit der Kühlung aus Helium ummantelt. Die Spannung stieg, als der Roboterarm den schmäleren der beiden Zylinder in den Umfangreicheren schob.

Das Ganze dauerte um die zwei Stunden. Alegra hatte ihn auf sehr langsam programmiert, damit nichts schief gehen konnte. Das anschießende

Vermessen dauerte nochmals drei Stunden, aber danach waren sie sicher, das alles geklappte hatte.

Kein Einziges der Prismen war zerstört worden. Um beim Betrieb zu den Zylindern in der Mitte zu kommen, ließ Peter eine kleine Treppe plus einen Laufsteg anfertigen, der in Einzelteilen geliefert wurde. Joe baute mit Alegras Hilfe dann alles zusammen. Damit kam man zu den Zylindern um dort das Objekt, in ihrem Fall eine Kamera, zu positionieren.

Endlich nach weiteren vier Wochen, waren sie mit der Zeitmaschinen fertig, um Punkt zwölf Uhr Mitternacht. Am nächsten Tag hatten Joe und Alegra allerdings eine Prüfung, darum beschlossen die drei, erst Tags darauf, den ersten Versuch zu starten.

Kapitel 21

Heute war der so genannte Tag X. Eine Panasonicfilmkamera sollte die Reise in die Vergangenheit antreten. Peter hatte den Tag zuvor genutzt und war zur Alster Street gefahren. Er war schon einmal vor Wochen hier gewesen, um die Unfallstelle zu sehen. Damals fiel ihm auf, dass es eine absteigende Straße war und das sie am Ende, in einer Quergasse endete. Dahinter befand sich ein Park. Dieses Mal sah er ein kleines Häuschen aus Beton, in dem ein Stromverteiler steckte. Das Elektrohäuschen war circa zwei Meter hoch und hatte ein Betondach mit einer Neigung, damit das Regenwasser abrinnen konnte. Das Dach würde der ideale Platz für die Kamera sein. Man müsste sie nur auf eine Vorrichtung stellen, so das sie nach oben zur Straße geneigt wäre. Niemand würde bewusst darauf schauen, dass da aus heiterem Himmel eine Filmkamera steht und wieder verschwindet, da Äste eines Baumes, das Dach teilweise verdeckten. Auf jeden Fall hatte er mit einem GPS-Gerät die exakten Messwerte der Stelle aufgezeichnet, auch die genauen Höhenmeter.

Diese Daten gab Alegra jetzt in der Software des PCs ein, der mit der Zeitmaschine Verbunden war. Joe war dabei, die Videokamera zusammen mit der Vorrichtung, ein kleiner Keil aus Holz den er auf die Kameraunterseite geklebt hatte, in den Zylinder zu stellen, und fragte: „Nach welcher Richtung soll ich die Kamera ausrichten, damit sie auch wirklich zur Straße zeigt?“

Peter antwortete: „Genau nach Westen. Die Straße ist nach Ost-West ausgerichtet und Ashley kam von oberhalb, also von Westen.“

Joe sah auf seine Uhr, auf der er einen Kompass hatte und richtete die Filmkamera danach aus. Dann schaute er, ob die zweite Kamera, die von oben auf die Öffnung des Zylinders gerichtet war, in ihrer Halterung festsaß. Diese sollte filmen, ob die darunter liegende Videokamera, einen Moment verschwindet. Aus Sicherheitsgründen durfte die Kamera, erst wieder fünf Sekunden später zurück sein. So wurde vermieden, dass es zu einer Kollision kommt. Joe kam jetzt über den Steg und die Treppe, zu den beiden hinter den PC und einer Plexiglaswand, die sie zur Sicherheit zwischen sich und er Zeitmaschine gestellt hatten. Sollte das Ganze in die Luft gehen, dann würde sie nicht helfen, aber bei einer kleineren Panne wahrscheinlich schon.

Es war so weit, alle drei schauten sich an und Peter gab mit einem Kopfnicken Alegra zu verstehen, sie solle die Entertaste drücken. Alegra zögerte einen Moment, fing an von fünf rückwärts zu zählen und klopfte bei null mit ihrem Zeigefinger auf die Taste, so als würde sie gerade eine Rakete starten lassen. Zuerst geschah nichts, dann fuhr der Balken am Bildschirm des Monitors von Links nach rechts, bis 100% da stand. Anschließend begann es aus verschiedenen Ventilen, die sie für den Überdruck der Heliumleitungen eingebaut hatten, weißem Dampf heraus zu strömen, und es wurde im Keller merklich kühler. Kurz darauf, ein immer stärker werdendes

Licht, so dass alle drei schnell ihre dunklen Schutzbrillen aufsetzten, die vor ihnen auf dem Tisch lagen. Das Leuchten wurde so grell, das man am Monitor, der in einem kleinen Fenster die Zylinder von oben zeigte, gar nicht mehr sehen konnte, ob sich die Kamera darin befand oder nicht. Darauf gab es vermehrt Dampfschwaden des austretenden Heliums, zwischen Zylinder und Filmkamera. Diese ließen den Bildschirm einen Moment etwas dunkler erscheinen Offensichtlich wegen der Kälte. Aber trotzdem konnte man nicht in das Innere des Zylinders sehen.

Und so schnell, wie der Spuk begonnen hatte, war das ganze auch schon wieder zu Ende. Da und dort pfeiften noch kleine Dampfschwaden des kalten Heliums aus einem der Ventile heraus, aber das Lichtspetakel war aus. Schön langsam, nachdem der Nebel sich auflöste, konnte man die Kamera im Zylinder am Bildschirm des Monitors sehen. Der darunter liegende Balken, der zuvor 100% anzeigte, zeigte jetzt 0% an. Peter war der Erste, der sagte: „Was meint ihr, hat es geklappt?“

Alegra antwortete: „ich weiß nicht.“

Und Joe hob einfach beide Schultern hoch, um seine Ungewissheit zum Ausdruck zu bringen, und wollte sogleich zur Treppe auf dem Steg laufen. Peter, ihn zurückhaltend, hielt ihn dicke Arbeitshandschuhe hin, mit dem Hinweis: „Nimm sicherheitshalber die mit, wer weiß wie kalt beziehungsweise heiß die Kamera ist, entweder von den heißen Halogenleuchten oder dem kalten Helium und wir wissen nicht, was das Zerlegen und zusammensetzen der Moleküle bewirkt.“

Joe nickte, nahm sie in die Hand und zog sie an, während er über die Treppen und den Steg zum Zylinder ging. Als er sich zuerst hinkniete und dann hinlegen wollte, damit er in den Zylinder langen konnte, hielt er sich am Geländer des Stegs an. Dabei blieb sein Handschuh kleben, weil der Stahl durch das Helium eiskalt geworden war. Der Boden des Überganges war zum Glück aus gepresstem Holz. Das hatte sich nicht so abgekühlt, so dass die Schuhe von Joe und desen Hose, dort wo er sich hingekniet hatte, nicht kleben geblieben waren. „Pass bloß auf, dass du nirgends am Stahl ankommst, es wird besser sein wir warten ein wenig.", meinte Peter, worauf ihm Joe entgegnete: „Ich passe schon auf, habe ja den zweiten Handschuh, mit dem ich die Kamera herausholen kann."

Im Anschluss holte er ganz vorsichtig und darauf achtend, dass er wirklich nirgendwo ankam, die Filmkamera aus dem Zylinder.

Nachdem er sie zum PC gebracht hatte, merkten sie, dass die Kamera normale Zimmertemperatur hatte - sie war weder heiß noch kalt geworden. Das ließ in allen drei, die Hoffnung aufkommen, dass es funktioniert hatte. Alegra holte die Speicherkarte heraus und schob sie in das Kartenlesegerät des PCs. Es war eine Datei darauf mit der Größe von über 3,5 GB. Joe hatte die Kamera, bevor er sie in den Zylinder gegeben hatte, eingeschaltet und erst wieder ausgeschaltet, nachdem er sie herausnahm. Die 3,5 GB zeigten an, dass die Videokamera mit einer Einstellung mit 4K Qualität, mindestens eine halbe Stunde aufgenommen hatte. Das würde passen, denn sie hatten sie auch für fünfundzwanzig Minuten, in die Vergangenheit geschickt. Es hatte also geklappt! Als Alegra die Datei anklickte und während es ein paar Sekunden dauerte, dass sich der Player zum Abspielen öffnete, saßen alle drei schon wie auf Nadeln. Dann poppte das Fenster für die Wiedergabe auf, nur statt dem Video erschien die Meldung **>>Datei defekt<<**. Alegra probierte es noch mit zwei anderen Playern, aber auch diese zeigten nur an, dass die Datei defekt wäre. Es war das eingetreten, was alle drei befürchtet hatten. Die Magneten hatten, wie es schien, die Datei zerstört. Peter sprach es als Erstes, enttäuscht aus: „Der Magnet ist zu stark, wir brauchen etwas anderes als eine Digitalkamera.“

„Ja das glaube ich ebenfalls. Wir hätten gleich daran denken können, dass das Magnetfeld die Datei zerstören wird“, sagte Alegra und Joe nickte zustimmend.

„Gab es da nicht diese 8mm Filmkameras?“, fragte sie und setzte fort: „Weil wir müssen analog bleiben, da ja auch das Wurmloch, durch das starke Magnetfeld, geöffnet wird, und somit die Moleküle diesem Feld ausgesetzt sind“

„Stimmt...“, kam es von Joe, „...da reicht es nicht das wir ein Gehäuse bauen das die Filmkamera vor dem Magnetfeld schützt.“

„Ihr habt Recht, schauen wir, dass wir eine 8mm Kamera bekommen und einen Film, der lange genug ist.“, entgegnete Peter, um gleich fortzusetzen: „Soweit ich mich erinnern kann, waren die meisten Filmspulen damals in den 80er und 90ern, gerade mal fünf bis zehn Minuten lang und wir brauchen sicherheitshalber mindestens fünfzehn bis zwanzig Minuten."

Da meldete sich wieder Joe zu Wort: „Wir können ja mal schauen ob wir das über eBay bekommen!"

Kapitel 22

Die nächsten Tage versuchten sie, zuerst auf eBay, aber dann doch direkt über Firmen, die heute noch 8mm Filme und Kameras herstellten. Es war gar nicht so leicht, die Artikel gleich zu bekommen, es dauerte 17 Tage, bis sie alles gekauft hatten und es geliefert bekamen. Ein Gerät das den 8mm Film digitalisierte, das brauchte am längsten, denn das erhielten sie aus China. Da beim ersten Zeitsprung das gesamte Helium aufgebraucht wurde, musste auch das besorgt werden.

Dann war es endlich so weit, der zweite Versuch konnte gestartet werden. Joe hatte diesmal erneut, die 8mm Filmkamera platziert und dieses Mal durfte Peter die Entertaste drücken. Wie bei dem ersten Zeitsprung, dauerte es einen Moment, bis alles zu laufen begann, aber dann lief es so ab, wie letzthin und nach ein paar Sekunden war es abermals vorbei und die Zeitmaschine schaltete ab.

Joe, der aus dem letzten Mal gelernt hatte, kletterte diesmal auf den Steg und kniete sich hin, ohne dabei das Geländer zu berühren. Dann holte er die Kamera heraus, die okay auszusehen schien. Sie hatten sich auch alles besorgt, um selbst den Bildstreifen zu entwickeln, da es zu lange gedauert hätte, das zu einer Firma zu schicken, um dort diese Arbeit erledigen zu lassen. Außerdem wollte Peter nicht, dass jemand außer ihnen diesen Film zu Gesicht bekam. Das Entwickeln plus digitalisieren dauerte dann bis zum Nachmittag des nächsten Tages. Am Filmstreifen selber konnte man aber schon sehen, dass etwas gefilmt wurde. Der Zeitpunkt war gekommen, sich den Film am Bildschirm des PCs anzusehen.

Man sah, wie Joe die Kamera in den Zylinder stellte. Dann fing das Bild an zu wackeln, kurz darauf ganz weiß zu werden. Was nachfolgend kam, verschlug allen dreien den Atem. Man konnte wirklich, die Alster Street sehen und das ein Auto, die Steigung nach unten fuhr, um dann vor der Kamera, links aus dem Bild zu verschwinden. Daraufhin kamen noch zwei Autos und ein Motorrad, bevor der VW-Käfer von Ashley ganz oben auf der Kuppe erschien. Mit einer viel zu hohen Geschwindigkeit donnerte der Wagen den Hang hinunter, schwenkte dann ruckartig nach links, direkt auf einen der Bäume die sich am Straßenrand befanden zu, und prallte in diesen. Man konnte deutlich sehen, wie der Körper von Ashley durch die Windschutzscheibe flog. Aber, eben so als wäre sie am Beifahrersitz gesessen.

„Kannst du das Bild, wenn das Fahrzeug weiter oben ist, Größer machen?“, fragte Peter Alegra, doch etwas geschockt, da er jetzt mit ansehen musste, wie Ashley aus dem Wagen geschleudert wurde.

Alegra, die direkt vor dem PC und der Tastatur saß, spulte den Film bis zu dieser Stelle zurück, begann es zu vergrößern und Bild per Bild abspielen zu lassen. Und da war es, was Peter schon gleich beim ersten Anschauen aufgefallen war. Man sah eindeutig zwei Menschen im Auto sitzen, nur das sich dann die zweite Person, die deutlich erkennbar auf der Fahrerseite saß, ins Nichts auflöste. Wer diese

Gestalt war, beziehungsweise ob Mann oder Frau, war nicht erkenntlich, da man nur eine dunkle Silhouette sah. Schon gar nicht, konnte man das Gesicht erkennen.

Die beiden sahen Peter mit großen Augen an und Alegra sagte: „Da sitzt eindeutig ein Zweiter im Auto."

„Ja, und der scheint sich, ins Nichts aufzulösen.", kontert Joe.

Peter begann grübelnd hinter den beiden, hin und her zu gehen. Nach ein paar Minuten, in denen er von den zweien dabei beobachtet wurde, kam ihm der Satz über die Lippen: „Testen wir, ob wir auch etwas Lebendes in die Vergangenheit schicken können."

Joe und Alegra rissen beide die Augen auf, waren aber gleicherweise, von der Idee begeistert, ohne zu wissen, warum Peter diese Gedanken hatte.

Beim Abendessen erklärte er: „Es gibt weiter oben an der Alster Street, keinen Platz, wo man die Kamera, versteckt auftauchen und wieder verschwinden lassen könnte. Darum müsste ich selbst, mit der Filmkamera, in die Vergangenheit springen. Dann kann ich mich bei einem der Hauszugänge verstecken. Im Park gibt es jede Menge Büsche, hinter denen ich erscheinen kann. Nur dazu müssten wir zuerst testen ob etwas lebendes den Trip überlebt."

Joe meinte darauf: „Dann besorgen wir halt morgen noch mehr Helium und eine Maus, mit der wir dann einen Testlauf machen."

„Die arme Maus.", kam es von Alegra.

„Hast du eine bessere Idee?", erwidert ihr Joe.

Worauf sich Peter wieder einschaltete. „Wenn gelingt, was ich mir zu 99% sicher bin, dann überlebt die Maus so wie so den Sprung“.

„Okay.“, kam es diesmal von Alegra, die aufstand und aus dem Kühlschrank eine Champagnerflasche holte, und weiter sprach: „Ich glaube, zur Feier des Tages, haben wir uns ein Glas davon verdient.“

Zuerst war es Peter etwas mulmig dabei, einen Champagner zu trinken, nachdem er gerade den Tod seiner Frau miterlebt hatte, aber sie hatten zumindest erreicht, dass er jetzt wusste, dass es nicht ein Unfall war, sondern Mord. Und er würde nicht aufgeben, bis er wusste, wer das war und vor allem, warum der das getan hatte.

Kapitel 23

Gleich um 8:00 fuhren Joe und Alegra in die Stadt, um sich eine Maus zu besorgen, während dessen Peter telefonisch das Helium orderte. Nachdem er den Hörer aufgelegt hatte, weil ihm was eingefallen war, rief er Alegra an. Nach dem dritten Läuten hob diese ab und Peter hört Sie sagen: „Was gibt es?“

„Bringt bitte auch einen grünen oder braunen Glasbehälter in der Größe 30x30 cm mit.“

„Für was brauchen wir den?“, fragt Alegra.

„Die Maus soll da hinein, damit sie nicht abhaut und wir sie am Film sehen können. Das Glas darf sicherheitshalber nicht klar durchsichtig sein, sonst weiß ich nicht, ob die Lichtbrechungen des Zylinders, es als Objekt erkennt und es in deren Moleküle zerlegt.“, bekam sie zur Antwort.

„Ah, okay.“, kam es zurück.

„Habt ihr die Maus schon?“, fragt Peter.

„Nein, der erste Zoohandel hatte nur Katzen und Hunde zum Verkauf, wir fahren gerade zum nächsten. Brauchen wir sonst noch etwas?“, war Antwort und Frage von ihr zugleich.

„Nein das war alles.“, sagte Peter darauf. Sie verabschiedeten sich und legten auf.

Nach einer Stunde circa, kamen die beiden mit einer Maus zurück, die auf einem Auge blind war.

„Warum habt ihr eine Maus mit einem blinden Auge gekauft?“, war gleich die Frage von Peter, der im Labor die Ventile für das Helium nachprüfte.

„Der Verkäufer hätte sie an eine der Schlangen, die er zum Verkauf anbietet, verfüttert, da er meinte, er könne sie keinem Kunden anbieten. Er war zwar verwundert warum wir gerade diese Maus nehmen, aber wir wollten ihr eine zweite Chance geben.“, war die Antwort von Alegra.

„Inwiefern eine zweite Chance?“, war Peters nächste Frage.

Worauf Joe ihm erklärte: „Na ja, glückt das Experiment, dann wird sie weiterleben und sonst hat sie bestimmt einen Schnelleren Tot, als wenn sie langsam im Rachen der Schlange erstickt.“

„Also, hier ist Buddy.“, meint Alegra mit einem lächeln.

Darauf entgegnete ihr Peter: „Gib der Maus keinen Namen, damit baust du zu ihr eine Beziehung auf und es fällt dir schwerer, sollte sie bei unserem Versuch drauf gehen.“

Aber Alegra kontert mit Kopfnicken, um ihre Aussage zu verstärken: „Sie stirbt nicht, weil der Versuch klappen wird! Du wirst es sehen.“

„Freut mich, dass du so optimistisch bist“, sagte Peter mit einem Lächeln im Gesicht und fuhr fort, „das Helium wird um 13 Uhr geliefert, nutzen wir die Zeit, um alles für den Sprung vorzubereiten.“

„Da wollte ich dich sowieso was Fragen,“ begann Joe. „Sollen wir die Kamara und die Maus zusammen schicken, oder reicht es, dass wir die Maus im Gefäss alleine in die Vergangenheit schicken? Müsste die Maus nicht schon am Film gewesen sein, wenn der nächste Versuch gelingt?"

„Da hast du eine gute Frage gestellt," antwortete Peter. „Gemäß der Zeitreisetheorie funktioniert es nicht, so lange das Ereignis in der Gegenwart noch nicht durchgeführt wurde. Erst wenn wir denn Zeitsprung mit der Maus vollführt haben, wird die Vergangenheit so verändert, dass man die Maus im Film sehen müsste. Da schließlich bis jetzt, so weit ich es weiß, dies noch niemand bewiesen hat, können wir es nur ausprobieren. Kann sein, dass wir wirklich die Maus mit der Kamera zusammen schicken müssen. Aber machen wir es zuerst ohne Filmkamera. Es ist ja nicht viel Platz im Zylinder."

„Okay", war die kurze und bündige Antwort von Joe.

Nachdem die Leute von der Gasfirma endlich um 13:30 das Helium geliefert hatten, konnten sie mit dem nächsten Versuch beginnen. Joe gab zuvor eine zugeschnittene 5 cm Holzplatte in den Glasbehälter, weil man sonst Buddy nicht sehen könnte und stellte dann diesen in den Zylinder. Alegra gab Buddy, zusammen mit einem großen Stück Käse, behutsam in den Behälter. Nachdem beide hinter der Plexiglaswand am PC standen, war es wieder die Aufgabe von Alegra, die Entertaste zu drücken. Sie zögerte wie beim ersten Mal ein wenig, diesmal weil es ja um eine lebendige Maus ging. Nach einem festen Durchatmen drückte sie auf die Taste. Und wieder; es dauerte ein paar Sekunden und der Balken am Monitor begann auf 100% zu steigen. Daraufhin wurde es kälter im Raum, durch das austretende Helium und das Licht wurde so grell, dass sie mit den

Schutzbrillen, ihre Augen schützen müssen. Und wie beim letzten Mal war der ganze Spuk gleich wieder vorbei.

Alegra lief sofort auf den Steg und Joe rief ihr nach, „Pass auf das Geländer auf, greif es ja nicht an!“

Doch Alegra würdigte ihn nur mit einem Ausdruck, der so viel wie „ich bin ja nicht blöd“ aussagte und kniete sich bereits nieder, um zu schauen, ob Buddy lebte und um ihn heraus zu holen. Peter und Joe, blickten gespannt auf ihren Arm und ob sie die Maus oder das Gefäß in der Hand hielt. In ihnen beiden steigerte sich die Spannung. Nur, sie konnte Buddy im Glasbehälter, nicht gleich erhaschen.

„Buddy lebt,“ sagte Alegra freudestrahlend und hielt ihn in ihrer Hand hoch „und er schaut etwas fetter aus, so wie ich das beurteilen kann. Kein Wunder, er hat den ganzen Käse aufgessen.“

„Du und dein Buddy“, grinste Joe sarkastisch, worauf Alegra mit, „bist wohl eifersüchtig“, konterte und beide Lachen zu begannen.

Das dauerte aber nur kurz an, denn alle drei waren schon gespannt, ob sich am Film, aus dem ersten Sprung, etwas geändert hätte. So setzten Peter und Joe, sich sofort konzentriert vor den PC. Da Peter nicht warten konnte, das Alegra bei ihnen war, startete er selbst das Video vom Vortag, mit einem Doppelklick auf die Datei. Zwei Sekunden später erschien der Film am Monitor und zuerst sah man das Gleiche wie Tags zuvor. Das Auto das die Steigung herunter fuhr und dann vor der Kamera links weg abbiegt. Doch, bevor das nächste Fahrzeug kommt, tauchte wie aus dem nichts, ja in einem Augenblick, der Glasbehälter mit Buddy auf. Der lief darin frisch und fröhlich hin und her und begann dann den Käse zu essen.

„Was sagt ihr dazu, der Film hat sich wie von mir gesagt, verändert. Wir haben gerade, dort am Dach dieses Elektrohäuschens die Vergangenheit geändert.“, kommt es ganz Stolz aus Peters Mund.

Kapitel 24

Peter war am nächsten Morgen, schon früh aufgestanden, um das Blut der Maus, mit der Blutprobe, die er vor dem Zeitsprung entnommen hatte zu vergleichen. Als Joe und Alegra die Treppe vom oberen Stockwerk herunter kamen, verkündete er ihnen: „Die Blutproben stimmen überein, es gab keine Veränderungen. Das Zerlegen in die einzelnen Moleküle und deren Zusammenbau, ist also ohne Risiko."

„Das ist toll, aber ich brauche zuerst mal einen Kaffe," meinte Joe.

„Und ich einen Eistee," kam von Alegra.

„Ja klar, aber wisst ihr was das bedeutet!", fragte Peter weiter.

„Es ist noch zu Früh für mich Sag es uns," konterte Joe.

„Das heißt, dass wir uns jetzt erstmals um ein größeres Gebäude kümmern müssen. Denn wir müssen die Zeitmaschine so weiträumig bauen, dass man einen Menschen, nämlich mich, damit in die Vergangenheit schicken kann."

„Das hast du uns eigentlich schon gesagt, das du in die Vergangenheit gehen willst." Meinte Alegra noch immer verschlafen, „aber ich verstehe, was du damit meinst. Das wir das, wo anders machen müssen. Weil dein Keller ist wirklich viel zu klein dafür."

Mit, „gut, dass wir da einer Meinung sind, also werde ich gleich heute nach einem geeigneten Haus suchen,“ schloss Peter das Thema ab.

Kapitel 25

Es dauerte vier Wochen, bis sie endlich, durch eine Immobilienmaklerin ein altes Feuerwehrhaus gezeigt bekamen, dass die passende Größe hatte. In der Fahrzeuggarage wäre Platz für die Maschine selbst. Darüber in der ehemaligen Kommandozentrale, dann das Computerlabor, wovon man durch ein Glas nach unten in die Garage sehen konnte. Nochmals einen Stock höher gab es eine Küche mit einem großen Gemeinschaftsraum und einigen Zimmern, die passend für Schlafzimmer waren. Der Umbau des Gebäudes und das Siedeln aus dem Haus von Peter nahm dann weitere vier Wochen in Anspruch.

Inzwischen bekam Alegra einen Anruf der sie sichtbar aus der Bahn warf. Ihre Schwester hatte Selbstmord begangen. Darum musste sie ein paar Tage nach Hause fahren, um ihren Eltern bei der Vorbereitung für das Begräbnis zu helfen und um anschließend bei diesem dabei zu sein. Natürlich hatten beide Verständnis dafür, wünschten Alegra ihr aufrichtiges Beileid und meinten, sie solle sich die Zeit lassen, die sie brauche.

Nachdem Alegra abgereist war, mutmaßte Joe, beim gemeinsamen Mittagessen: „Wenn du jetzt zurück in die Vergangenheit gehst, warum nutz du diese nicht, um deine Frau zu retten?“

„Das kann ich nicht tun“, war die Antwort von Peter.

„Warum nicht? Musst ja nur den Unfall verhindern“, kontert Joe.

Peter machte eine ernste Miene und antwortete: „Das steht mir nicht zu. Was ist, wenn ich dadurch den weiteren Verlauf der Zeitgeschichte verändere?“

„Was wirst du schon verändern, wenn du deine Frau rettest?“, gab Joe mit einem verschmitzten Lächeln, zur Antwort.

Peter überlegte kurz, um die richtige Entgegnung zu finden, und meinte dann: „Stell dir Folgendes vor. Ich rette meine Frau und wir bekommen daher ein Kind. Das wird größer und schließlich tötet es, aus Versehen, zum Beispiel durch einen Unfall, einen anderen Menschen. Dieser wäre oder ist ein Forscher, der ein Mittel entwickelt, dass den Krebs heilen kann.“

„Meinst du nicht, dass das weit hergeholt ist?“, entgegnete Joe wieder.

„Warum, möglich wäre es. Glaube mir Joe, nichts möchte ich mehr haben, als meine Frau zurück. Aber nicht auf Kosten der Zeitgeschichte.“

Joe dachte kurz über Peters Antwort nach, schüttelte den Kopf, jedoch sagte nichts mehr.

Acht Wochen später, nachdem ihnen der Versuch mit der Maus gelungen war, konnten sie mit den Arbeiten für den Bau der Zeitmaschine in Menschengröße beginnen. Die Glaserei in Murano war erfreut nochmal von Peter zu hören und dieses Mal den Auftrag zu erhalten, zwei größere Zylinder herzustellen. Wieder sollten diese, durch eine Spedition und per Flugzeug geliefert werden. Dadurch müssten sie nicht lange warten, auch wenn es Peter ein Heidengeld kostete. Zum Glück hatte der Bau der ersten Maschine, einen Großteil des Geldes, das er mit dem Verkauf seiner Sonnenmilch erhalten hatte übrig gelassen, weil spätestens jetzt brauchte er es. Inzwischen hatte die FDA die Sonnencreme genehmigt und er hatte die restlichen 15 Millionen überwiesen bekommen. Es würde noch einige Zeit dauern, bis Ortý das Produkt auf den Markt brächte. Erst dann könnte er mit der regelmäßigen Auszahlung der Gewinnbeteiligung rechnen. Er war aber guten Mutes, dass sie mit dem vorhandenen Geld auskommen würden.

Nach sieben Tagen kam Alegra retour und war total verändert. Sie zog sich nach getaner Arbeit immer gleich in ihr Zimmer zurück.

Sie brauchten ganze zehn Wochen, bis die Maschine fertig war. Inzwischen hatte es die Glaserei geschafft, die Zylinder zu liefern, und sie standen auch schon an ihrem Platz. Sie hatten sich dieses Mal einen Lift, der über die Zeitmaschine bis zur Mitte und dann nach unten in den Zylinder fuhr, einfallen lassen. Nur so konnte man in den Zylinder kommen. Die Maschinerie nahm fast die ganze Garage von 800 m² ein, und der Helium- und Stromverbrauch, würde das vielfache von der ersten Maschine ausmachen. Trotz der zehn Starkstromleitungen die Peter einleiten hatte lassen, war dieses Mal kein FBI aufgetaucht. Was einen ganzen Tag Zeit gekostet hat, war, dass sich Joe an den Prismen, die an dem äußeren Zylinder, innen angeklebt waren, verschnitt und diese blutverklebten Prismen ausgetauscht werden mussten, bevor die beiden Zylinder ineinandergeschoben wurden. Jetzt verstand Joe, warum zwei Zylinder notwendig waren. Aus reiner Sicherheit weil die Prismen wenn sie an der Zylinderinnenwand klebten, messerscharf waren und man sich leicht verletzen konnte.

Das Ganze hatte den Vorteil, dass es Joe gelang, Alegra dabei zum Reden zu bringen. Nachdem sie Joe verarztet hatte, tranken sie gemeinsam ein Bier und ein zweites worauf sie anfing, zu erzählen: „Weißt du Joe, was ich dir jetzt erzähle, habe ich noch niemanden erzählt und ich bitte dich, das für dich zu behalten."

„Aber natürlich, du weißt, du bist mir wichtig und ich würde dein Vertrauen nie missbrauchen.", gab Joe zur Antwort und wollte ihre Hände in seine nehmen.

Sofort zog Alegra ihre zurück, jedoch fing sie an zu reden: „Ich weiß sogar noch das Datum, als es das erste Mal passierte."

„Was ist passiert?", fragte Joe.

Doch Alegra legte ihren Zeigefinger auf Joes Mund und sagte: „Lass mich mal ausreden. Es war der 13. März vor 5 Jahren. Meine Mutter war zu unserer Großmutter gefahren, also ihrer Mutter, weil diese sich den Fuß gebrochen hatte und ein paar Tage Hilfe brauchte. Meine Schwester hat sie mitgenommen, sie war damals 9 Jahre alt. Ich sollte bei Vater bleiben und ihm im Haushalt helfen. Schließlich und endlich war ich die Große und schon 14. Es war gleich am ersten Abend. Ich hatte gerade geduscht, stand vor meinem Bett und wollte mir den Pyjama anziehen. Da stand plötzlich mein Vater hinter mir und warf mich auf das Bett. Den Rest, kannst du dir ja denken, den möchte ich nicht erzählen. Das ging dann über die Jahre so, bis ich voriges Jahr in das Schülerheim gezogen bin. Ich war von zuhause geflohen und habe meine Schwester einfach im Stich gelassen."

Joe wollte erneut etwas sagen, aber Alegra drückte abermals ihren Finger auf seinen Mund und redete weiter: „Sie hat es nicht mehr verkraftet und aufgrund dessen, sich letzte Woche umgebracht. Ich hätte ihr helfen müssen."

Jetzt nahm sie ihren Finger von Joes Mund und er fragt: „Bist du dir sicher, dass deiner Schwester das passiert ist und sie sich deswegen umgebracht hat?"

„Ja, sie hat mir einen Brief hinterlassen, wo sie schreibt, das sie sich schlecht und dreckig fühle, wegen dem, was ihr Vater antut, und dass sie nicht mehr Leben möchte. Sie hat den Brief in unser beider Geheimversteck, eine lockere Bodendiele in meinem Zimmer gelegt, damit nur ich den Brief finde.", antwortet Alegra.

„Das heißt nicht, dass du Schuld an ihrem Tot bist. Dein Vater ist der Täter, er ist der Schuldige. Du und deine Schwester sind seine Opfer. Vielleicht hilft der Brief sogar, das du deinen Vater anzeigen und zur Rechenschaft ziehen kannst.", meinte Joe darauf.

„Der hilft gar nichts. Er hat überall seine Freunde sitzen und die würgen alles ab.", schreit Alegra wütend und geht nach hinten in ihr Zimmer.

Joe blieb alleine sitzen und fing darüber nachzudenken an, wie er Alegra doch helfen könnte.

Aber auf jeden Fall, dreiunddreißig Wochen, nachdem Peter mit Alegra und Joe begonnen hatten, die erste Zeitmaschine zu bauen, war es so weit sie zu testen.

Kapitel 26

Wieder musste Buddy die Maus herhalten. Dieses Mal hatten sie sich entschlossen gleich beides, die Maus im Glas und die Kamera, in die Vergangenheit zu schicken, und zwar an eine Stelle wo vor einem Jahr noch kein Haus stand und inzwischen eines gebaut wurde. Wenn alles klappte, würde man dort, wo jetzt das Haus steht, im Film nur eine Wiese im Hintergrund sehen.

Es war so weit, die Plattform, die als Lift diente, brachte den Glasbehälter inklusive Maus und die Kamera innerhalb der Zylinder.

Dieses Mal drückte Peter selber auf die Entertaste und es ging gleich mit einem lautem zischen und brummen los. Alle drei standen in der von ihnen so genannten Kommandozentrale im ersten Stock hinter Glas und sahen hinunter auf die Maschine. Das ganze Prozedere dauerte nur zwei Minuten und anschließend fuhr die Plattform schon wieder hoch.

Das Entwickeln und Digitalisieren brauchte nochmals einen Tag, was alle auf Spannung hielt. Aber daraufhin hatten sie die Gewissheit, dass es funktioniert hatte. Auch Buddys Untersuchungen ergaben nicht die Spur einer Änderung im Blut, er war putzmunter und ließ sich mit Käse füttern. Der Film zeigte wie Buddy frisch und fröhlich in seinem Glaszylinder herum lief und im Hintergrund war die Wiese, ohne einem Haus zu sehen. Es war so weit,

Peter konnte den Versuch starten, selbst in die Vergangenheit zu reisen.

Er wollte das so schnell wie möglich hinter sich bringen. Denn er war schon gespannt darauf, wie das sein würde, wenn er in seine molekularen Einzelteile zerlegt und wieder zusammengebaut würde. Er hatte sich eine analoge Fotokamera besorgt und Kontaktlinsen entwickelt, die sich bei starker Lichteinstrahlung, binnen von hundertstel Sekunden, schwarz einfärbten. So würde das leistungsstarke Licht innerhalb der Maschine, seinen Augen nichts anhaben können.

Da stand Peter nun, auf der Plattform, die Kamera um seinen Hals gehängt. Joe fragte ihn, ob er nervös wäre und er nickte. Noch nie in der Geschichte zuvor, war ein Mensch in der Zeit gereist, das war schon ein Grund, erregt zu sein. Außerdem wusste er nicht, ob diese Reise nicht schmerzhaft wäre, und er würde dieses Mal live vor Ort den Unfall seiner Frau miterleben. Sicherheitshalber hatte er den Zeitpunkt seines Rücksprungs in die Gegenwart so eingestellt, dass er zwar sehen konnte, wie der Wagen auf den Baum prallte, aber es danach sofort zurückginge. Dadurch dürfte er gar nicht in die Versuchung kommen, doch seiner Frau zu helfen. Alegra hatte die Argumentation von Peter, es sei gefährlich, in die Vergangenheit einzugreifen, verstanden, aber Joe war noch immer anderer Meinung gewesen.

Alegra ließ die Plattform nach unten fahren und meinte: „Ich drücke die Entertaste bei drei." Peter nickte und sie fing an, laut zu zählen: „Eins, zwei..." und drückte die Taste. Joe schaute sie dabei grinsend an und sie lächelte zurück. Wieder begann es zu zischen und zu brummen.

Kapitel 27

Peter bekam von dem „Eins, zwei…“ gar nichts mit, da er schon voll konzentriert und darauf gespannt war, was jetzt passieren würde.

Zuerst wurde ihm nur zappenduster vor Augen, weil die Kontaktlinsen funktionierten. Dann spürte er ohne jeden Übergang eine kribbeln am gesamten Körper, so als würden tausende Ameisen auf und in seinem Organismus krabbeln. Darauf bekam er graue, schwarze und weiße kleine Punkte zu sehen, so wie wenn man bei einem alten Fernseher das Sendesignal suchte und es keines gab. Das alles dauerte zehn bis fünfzehn Sekunden, worauf er eine kühle Windbrise spürte und Vogelgezwitscher hörte. Einen kurzen Augenblick später, sah er die Blätter von einem Strauch, da die Kontaktlinsen das Tageslicht durch ließen, nach dem das grelle Licht der Halogenscheinwerfer nicht mehr da war.

Er war in der Vergangenheit angekommen und befand sich an einer Stelle im Park, wo rund um ihn Büsche waren, die ihn verdeckten. Er hatte sich diesen Platz ausgesucht, damit es, sollte jemand in der Parkanlage sein, niemanden sehen könnte, wie er aus heiterem Himmel aus dem Nichts auftauchte. Er hatte gehofft, dass an dieser Stelle, so wie vor ein Paar Tagen in der Gegenwart, kein bisschen wuchs. Er wusste ja nicht, was passieren würde, wenn man dort erscheint, wo sich ein Baum oder ein Gegenstand befände.

Er schaute schnell durch zwei von den Sträuchern, ob die Luft rein war, und ging aus den Büschen hinaus. Zuerst vor das kleine Häuschen aus Beton. Nachdem er genügend Abstand hatte, um auf das Dach zu sehen, sah er die Kamera, Buddy in seinem Glaszylinder, war schon wieder weg. Er winkte in die Videokamera und freute sich darauf, den Film nochmals anzusehen, wenn er zurück in der Gegenwart war. Dann marschierte er schnell die Alster Street nach oben, bis zu dem Baum, wo später das Auto seiner Frau hinein stoßen würde. Auf gleicher Höhe befand sich der Eingang eines der zweistöckigen Häuser, die hier standen. Er zog sich in den Eingangsbereich des Gebäudes zurück, damit es nicht auffallen würde, dass er fotografierte. Nur zwei Minuten später sah er das Auto seiner Frau die Straße herunter kommen und begann sofort zu Fotografieren. Es saß eindeutig jemand auf der Fahrerseite, aber es schien ein Mann, um die fünfundfünfzig oder sechzig zu sein. In dem Moment in der der Wagen nach links scherte, konnte er deutlich sehen, dass sich dieser in Luft aufzulösen anfing, während er versuchte den Körper seiner Frau zu sich auf die Fahrerseite zu ziehen. Diese war ganz offensichtlich bewusstlos. Zu dem Zeitpunkt, wo das Auto schon fast auf gleicher Höhe von ihm war und im Begriff, auf den Baum zu prallen, spürte er abermals das kribbeln. Kurz darauf sah er nochmals das schwarz, grau, weiße Rauschen, bevor es von Neuem dunkelschwarz wurde. Nachdem die Zeitmaschine das Licht abschaltete und sich der Boden unter seinen Füßen zu heben begann, sah er gleich darauf wieder das Labor.

Er schaute hoch zur Kommandozentrale, in die erwartungsvollen Gesichter von Joe und Alegra und hob den Daumen seiner rechten Hand nach oben, um zu zeigen, dass es geklappt hatte. Worauf Joe und Alegra sich per High Five abklatschten.

Den Film aus der Kamera zu entwickeln und zu digitalisieren dauerte dieses Mal nur vier Stunden. In der Wartezeit sahen sich die drei, nochmals die allererste Aufnahme an. Tatsächlich war auf dieser jetzt Peter zu sehen, wie er vor der Kamera erschien, winkte und die Straße nach oben ging, um dort im Eingangsbereich des Hauses zu verschwinden.

Auf den Bildern der neuen Fotografien war schön das Gesicht eines Mannes in den Fünfzigern zu erkennen.

Alegra fragte: „Kennst du diesen Mann?“

„Nein, und ich wüsste schon gar nicht, warum er es auf meine Frau abgesehen hat.“, kam die Antwort von Peter.

„Was wirst du jetzt tun?“, wollte Joe wissen.

„Ich hatte da mal einen Studenten, der den Schulserver gehackt hat, um seine Noten zu verändern. Mir ist das damals aufgefallen, weil ich wusste, welche Note ich ihm gegeben hatte. Francis wollte das Ganze zur Anzeige bringen, aber ich konnte ihn überreden, das er ihn nur Suspendierte. Er schuldet mir deswegen noch etwas. Vielleicht kann er das Foto des Mannes, durch die Datenbanken der Verkehrsämter schicken.“, meinte Peter.

„Kennst du seine Adresse?“, kam die Frage, diesmal von Alegra.

„Seine Wohnadresse nicht, jedoch die Adresse seines Unternehmens. Er ist jetzt nicht mehr kriminell und hat ein Unternehmen, das Firmen hilft, ihre Sicherheitslücken, in ihren EDV-Systemen herauszufinden. Aber ich glaube aus Dankbarkeit, wird er mir schon helfen. Schließlich und endlich, habe ich ihn damals vor dem Knast bewahrt. Ist nur zu hoffen, das der Mann auf dem Foto, einen Führerschein hat und deswegen im System ist.“, war Peters Antwort.

Kapitel 28

Nachdem sich Peter verabschiedet hatte um zu dem ehemaligen Hacker zu fahren, hoffte Joe, dass er einen Abend mit Alegra alleine habe. Er möchte nochmals versuchen, zu ihr vorzudringen, aber eine viertel Stunde später erschien Alegra aus ihrem Zimmer und meinte, dass sie zu einer Freundin gehe und dort übernachte.

Eine Minute später stand Joe alleine in der Küche des Feuerwehrhauses und ärgerte sich, dass er es nicht mehr schaffte, an Alegra ranzukommen. Aus diesem Grund hatte er schon vor Tagen einen Plan geschmiedet, den er jetzt umsetzen wollte. Er holte eine Clownsmaske und seinen Baseballschläger und ging zu den Computern, mit der man die Zeitmaschine bediente. Nachdem er das Datum eingeben und einen Countdown gestartet hatte, lief er schnell nach unten, zur Maschine, um auf der Plattform zu sein, bevor diese in den Zylinder fährt. Die Kontaktlinsen hatte er sich zuvor hinein getan.

Er war nervös, aber es gab kein Zurück mehr. Die Scheinwerfer fingen an zu leuchten und es wurde schwarz vor seinen Augen. Dann fühlte er das kribbeln, so wie es Peter erzählt hatte, und danach begann er das Flimmern der Punkte zu sehen. Zehn Sekunden später war es mit einem Mal ganz still und er hörte nur ein leichtes Knarren der Holzdielen unter seinen Füßen. Nachdem die Kontaktlinsen sich farblich eingestellt hatten, sah er den Flur des

Hauses, von Alegras Eltern, in dem er vor Tagen schon einmal war. Er hatte sich, als jemand von der Gemeinde ausgegeben der Sicherheitsmessungen durchführt, wegen irgendwelcher Gasaustritte in der Nachbarschaft. Das hatte er Alegras Mutter aufgetischt, die ihn nicht kannte und ihn, nachdem er seinen gefälschten Ausweis zeigte, ins Haus lies. Der Vater von Alegra war zum Glück nicht hier, bei dem hätte er es bestimmt schwieriger gehabt. In Wirklichkeit hatte er die genauen GPS-Daten und Höhenmeter gemessen, so das er diesen Sprung in die Vergangenheit machen konnte.

Der Flur hatte eine neue Tapete und einige Bilder waren anders als vor ein paar Tagen, aber natürlich war er jetzt fünf Jahre früher hier. Im Erdgeschoss brannte kein Licht und er ging sofort die Treppe am Ende des Ganges nach oben. Ganz vorsichtig, weil er fürchtete, dass eine der Stiegen vielleicht knarrt und man ihn hören könnte. Laut der Erzählung von Alegra war ihr Zimmer hinten Links vom Gang, den es im ersten Stock gab. Genau gegenüber dem Badezimmer. Er sah, dass die Tür ihres Raumes einen kleinen Spalt offen war und dass Licht heraus strahlte. Während er sich die Clownsmaske über das Gesicht zog, ging er langsam auf die Tür zu, bis er durch den Schlitz hineinschauen konnte. Laut der Erzählung von Alegra musste heute der Tag sein, wo ihr Vater sie das erste Mal missbrauchte. Und da stand er, wie Joe sehen konnte, hinter Alegra die ihm den Rücken zu wandte und nackt dastand, weil sie gerade aus der Dusche gekommen war.

Joe stieß die Tür auf und rief Alegra zu das sie sich nicht umdrehen solle. Indessen Alegras Vater sich geschockt umwendet, holt Joe mit dem Schläger aus und trifft ihm so am Kopf, dass er bewusstlos zu Boden geht. Die vierzehnjährige Alegra, die sich schon über ihren Dad erschreckt hatte, beginnt zu weinen. Joe nimmt eine Decke, die auf einen Sessel neben ihm liegt herunter und legt diese um Allegras Schultern. Mit sanfter Stimme spricht er zu ihr, dass alles wieder gut würde und sie sich ins Bett legen soll, was die Kleine dann auch tat. Als sie versucht war, ihre Augen zu öffnen, meinte Joe zu ihr, dass sie diese lieber geschlossen halten sollte. Darauf drückt sie ihre Augenlider noch mehr zu.

Joe hatte ein Klebeband in der Hosentasche, mit dem er die Hände und Füße von Alegras Vater zusammenbindet. Dann nimmt er ihn über seine Schulter, was gar nicht so leicht war, weil er fast 90 Kilo wog, und schleppte ihn hinunter in die Küche. Dort setzt er ihn auf einen der Küchenstühle. Während er immer wieder kontrollierte, ob der Mann nicht aufwachte, zog er ihn ganz aus und bindet ihm mit Kabeln von Küchengeräten und mit gespreizten Beinen auf den Stuhl fest. Am Küchentisch lag ein Heft von Alegra, aus dem Joe einen Zettel heraus riss, um mit einem Stift, der sich am Tisch befand, **„Ich wollte meine Tochter Missbrauchen“** drauf zu schreiben. Darauffolgend ging er in den Flur zum Telefon und wählte die Nummer der Großmutter von Alegra, die er auf einer Tafel neben dem Apparat findet. So wie es sich herausstellt, ist Alegras Mutter am anderen Ende, der Joe kurz sagt, sie solle nach Hause kommen, weil ihre Tochter sie brauche, worauf er sofort auflegte. Alegras Vater war noch nicht aufgewacht, also holt Joe in seiner Wut mit dem Schläger aus, um damit auf seine Geschlechtsteile zu schlagen. Dieser Schmerz lässt ihn dann doch wach werden und es entfährt ihn ein Schrei.

Joe legt den Zettel, den er zuvor geschrieben hat, zwischen die Beine des Mannes und fragt ihn: „Habe ich jetzt ihre volle Aufmerksamkeit?"

Dieser winselt aber nur, vor Schmerzen, und Joe kann Wut in seinen Augen sehen.

„Ich sage Ihnen nur eines, sollten sie noch einmal eines ihrer Kinder so angreifen, komme ich wieder" kam es aus dem Mund von Joe, worauf er überraschenderweise, das Kribbeln spürte und er sich vor den Augen von Alegras Vater in Luft aufzulösen begann, was diesen dann doch Angst aufkommen lies. So hatte es Joe zwar nicht geplant, aber er hatte länger gebraucht, als die Eingabe in der Zeitmaschine vorgesehen hatte. Joe hoffte zumindest, dass dies Eindruck hinterlassen hatte.

Kapitel 29

Am nächsten Morgen wusste Joe, dass etwas nicht stimmte. Nachdem er wieder zurück war, ist er geradewegs schlafen gegangen. Denn irgendwas passierte mit seinen Gedanken. Er war kaum in sein Zimmer gekommen und dann sofort eingeschlafen. Heute Morgen hatte er zwar Erinnerungen an seine Zeit mit Alegra und Peter, aber da waren überraschenderweise auch andere. Mit Frederik und Peter. Diese waren intensiver und er wusste, dass wenn er jetzt in die Küche kommt, Frederik dort sein würde. Und so war es, Frederik saß am Tisch und frühstückte sein Müsli und eine Grapefruit, dazu trank er eine Tasse Kaffee und wie jeden Morgen sagte er den gleichen Satz zu Joe „Es ist für dich noch Kaffee da."

Joe antwortete wie für gewöhnlich, mit einem „Danke", nur dieses Mal fügte er die Frage hinzu: „Weißt du wo Alegra ist?"

„Welche Alegra?" Gab ihn Frederik zur Antwort, ohne von seinem Laptop auf zu schauen, indem er den ePaper von *„The Boston Globe"* lass.

In dem Moment kam Peter bei der Tür herein, die über eine Außentreppe direkt in den zweiten Stock und in die Küche führte. „Hallo ihr beiden, wie war eure Nacht?", kam es fröhlich aus seinem Mund.

„Danke gut", erwiderte Frederik, während Joe auf Peter zuging, ihm beim Arm nimmt und bittet, ihm, in den Computerraum zu folgen. Dieser folgte, aber fragte dann sofort: „Was ist los mit dir?“

„Ich glaube, ich habe einen Fehler gemacht.“, antwortet Joe.

„Was hast du denn angestellt?“, fragte Peter nach, mit einem lächeln im Gesicht.

„Ich war gestern in der Vergangenheit und habe offensichtlich etwas gemacht das die Geschichte verändert hat, oder kennst du eine Alegra?“, ist die Erwiderung und Frage von Joe.

„Nein, welche Alegra und warum hast du das getan?“, war dieses Mal die Antwort und Frage von Peter und diesmal ohne ein Lächeln.

Nachdem Joe, Peter alles erzählt und erklärt hatte, meint dieser: „Dann recherchiere mal über diese Alegra nach und versuch herauszufinden, was sich verändert hat. Siehst du, ich habe dir ja gesagt, man soll die Vergangenheit nicht ändern, da man nie weiß, was da raus kommt. Aber egal, jetzt hast du es schon getan, schau ob du mehrere Änderungen hervorgerufen hast und ob man das rückgängig machen kann.“

Joe blieb nichts anderes übrig, wie sich an seinen Laptop zu setzen und zu ermitteln. Zuerst schaute er das Studentenverzeichnis von Harvard durch. Ohne Erfolg, es gab keine Alegra Garmalie an dieser Universität. Nach weiteren Suchanfragen im Internet stieß er auf einen Zeitungsbericht, einer kleinen Zeitung in der Ortschaft, in dem das Haus von Alegras Eltern war. Der Bericht beschrieb, dass ein Andy G., nackt, gefesselt und mit einem Zettel zwischen seinen Beinen, von der örtlichen Polizei aufgefunden worden war. Seine Frau habe diese verständigt, nachdem sie einen eigenartigen Anruf erhalten hatte. Da Andy G. behauptete, dass derjenige der ihn das angetan hat, ein Außerirdischer mit einer Clownsmaske war, denn er habe sich vor ihm in Luft aufgelöst, wurde er in die psychiatrische Anstalt Gamster eingeliefert.

Danach schaute er die Studentenverzeichnisse der anderen Lehranstalten in der USA durch. In dem Verzeichnis der Uni von Berkeley in Oakland, Kalifornien, fand er dann Alegras Namen, plus einen kleinen Lebenslauf. Offenkundig hatte sich Alegras Mutter nach dem Vorfall mit ihren Mann, von diesem scheiden lassen und war mit ihren Töchtern in die Stadt Sacramento, in Kalifornien gezogen. Das hatte zur Folge, dass Alegra sich für die Universität von Berkeley entschied und deswegen sich die Wege der beiden, hier in Boston nie gekreuzt hatten.

Nachdem er das ganze Peter erzählte, meinte dieser nur: „Siehst du, durch dein falsches Handeln, vor dem ich dich gewarnt habe, hast du das Mädchen, dass du offensichtlich gerne hast, nie kennen gelernt. Nur gut das nicht mehr passiert ist, oder hast du noch etwas gefunden?“

„Nein, es gibt keine weiteren Berichte im Internet. Auch nicht, das Alegras Vater ein Amokläufer oder ähnliches geworden ist.“, meinte Joe schnippisch.

Peter, der dies sehr wohl als Angriff auf seine Argumentation erkannte, ließ es dabei und antwortete ihm nicht.

Mittlerweile war es schon Mittag und Frederik hatte Essen geholt. Beim gemeinsamen Mahl erzählte Peter davon das die Suche in den Datenbanken der

Verkehrsämter zum Erfolg geführt hatte. Der Computer spuckte ein Bild eines Mannes aus, das bei der Gesichtserkennung zu 95 % übereinstimmte. Nur dieser wäre laut den Angaben, erst 19 Jahre alt, hieß Bob Sanders und sei Student an der Yale.

„Wirst du ihn zur Rede stellen?“, fragte Frederik.

„Nein, das bringt nichts, ihn jetzt in der Gegenwart darauf anzusprechen. Er wird noch nichts davon wissen, was er einmal mit sechzig machen wird. Kann mir nicht vorstellen, dass er aktuell darüber Pläne schmiedet, meine Frau in der Zukunft zu töten.“, gab Peter zur Antwort.

„Moment, jetzt komme ich gerade nicht mit. Deine Frau wurde ja in der Vergangenheit getötet, nicht in der Zukunft.“, konterte Joe.

„Ja schon, aber für diesen Sanders, liegt der Mord in der Zukunft. Irgendwann mal in 35 oder 40 Jahren. Verstehst du?“, kam die Antwort und Frage von Peter.

„Ah, okay, ja klar.“, entgegnete Joe und fragte des Weiteren: „Und was können wir jetzt machen? War es das?“

„Nein, ich muss nochmals in die Vergangenheit, aber etwas weiter zurück und in mein Haus in Bay Village. Das wird unsere nächste Aufgabe sein.“, meinte Peter.

„Und was versprichst du dir davon?“, kam die Frage von Frederik.

Worauf Peter ihm antwortete: „Ich möchte ihn dort, in der Vergangenheit, zur Rede stellen.“

Kapitel 30

Es dauerte zwei Tage, bis die Lieferfirma das Helium für die Kühlung lieferte. Bei Joes Ausflug in Alegras Elternhaus war das Letzte aufgebraucht worden. In der Zwischenzeit gab es zwischen Joe und Peter wieder eine heftige Diskussion über Veränderungen in der Vergangenheit.

Joe fragte nämlich bei einem ihrer gemeinsamen Essen: „Und wirst du diesmal den Mord an deiner Frau verhindern?"

„Kann ich noch nicht sagen. Ich muss zuerst mal herausfinden, warum er meine Frau getötet hat.", entgegnete Peter.

Worauf Joe meint: „Aber hat nicht schon er die Geschichte verändert, indem er sie tötete? Für ihn war das ja dann die Vergangenheit."

„Nein Joe, so lange ich nicht weiß, ob mein Eingreifen nicht noch alles schlimmer macht, werde ich nichts tun.", gab Peter zur Antwort.

Weil Joe seinen Kopf schüttelte, sagte Peter noch: „Sieh doch, was passiert ist, da du etwas in der Vergangenheit geändert hast. Bevor ich nicht hundertprozentig weiß, dass ein eingreifen in den Mord meiner Frau nichts verändert, muss ich es so lassen, wie es zurzeit ist."

„Okay, aber ich verstehe es trotzdem nicht und ich würde das mit Alegra wieder machen. Schließlich und endlich hat sie bestimmt jetzt ein besseres Leben und es ist nichts schlechtes passiert. Nein im Gegenteil, es hat sich etwas verbessert.“, kontert Joe.

„Joe, Joe, das weißt du nicht, ob das Leben von Alegra jetzt besser ist. Du kennst ja nicht wirklich ihre Lebensumstände. Und wer weiß, was doch geschehen ist und du einfach bei deinen Recherchen nicht herausgefunden hast. Du hast selbst gesagt, dass du nicht sehr viel herausfinden konntest.“, hält Peter dagegen.

Da meldet sich Frederik, der mit am Tisch sitzt: „Um was geht es eigentlich hier und wer ist Alegra?“

Auf diese Frage beendet Peter das Ganze, mit den Sätzen: „Lasst uns einfach essen. Joe kann dir ja mal die Geschichte erzählen, wenn er möchte.“

Tags darauf war es so weit das Peter wieder auf der Plattform stand und diese nach unten fuhr. Gleich würde er, an dem Tag des Mordes an seiner Ehefrau, im Abstellraum des Flurs, seines Hauses, sein. Er hatte sich ausgerechnet, wann ungefähr, Sanders bei seiner Frau gewesen sein musste und hoffte, dass er zur richtigen Zeit ankommt. Er wollte nur mal beobachten, was da vor dem Unfall passiert war. Und da stand er auch schon, in diesem kleinen Raum, der dank seiner Frau säuberlichst zusammen geräumt war. So stand nichts im Weg, was sich mit ihm verschmolzen hätte. Das war seine größte Sorge und er hatte sich überlegt, ob es nicht ratsam wäre, dies mal mit Buddy der Maus zu testen. Durch das Rattan Karomuster des Inletts der Tür, konnte er seine Frau vorbeigehen sehen, was sein Herz schneller schlagen ließ. Er hätte wirklich am liebsten die Tür geöffnet und sie in die Arme genommen und lange festgehalten, aber die Vernunft siegte über das Gefühl.

Da hörte er es läuten. Er war, wie es scheint rechtzeitig gekommen. Die Tür wurde geöffnet, und er hört Ashley „Hallo“ sagen und im nächsten Moment einen kleinen Aufschrei. Jetzt konnte sich Peter nicht mehr halten, er stürmte aus der Abstellkammer hinaus, Richtung Tür. Da war eindeutig der Mann vom Foto, Sanders, nur um die sechzig. Er hatte in der Hand eine Spritze, deren Nadel im Hals seiner Frau steckte. Peter sah sie bewusstlos zusammenfallen. Sanders fing sie zuerst noch auf, aber als er plötzlich und unerwartet vom Flur her, Peter auf sich zu laufen sah, bekam er einen Schreck. Er hatte niemand erwartet, schon gar nicht Peter und lies deswegen Ashley fallen, während er weg lief. Beim Aufprall von Ashley am Boden schlägt ihr Kopf hart gegen eine der beiden Treppen die von der Haustür runter auf den kleinen Weg vor dem Haus führen.

Peter beabsichtigte zuerst Sanders nachzulaufen, entschied sich dann aber doch sofort dafür, sich seiner Ehefrau zuzuwenden. Diese lag bewusstlos am Boden und sehr viel Blut kam aus einer Wunde am Kopf. Er setzte sich neben seiner Frau auf die Treppe und legte Ihren Kopf in seinen Schoss. Dabei fühlt er ihren Puls, der schwächer wurde. Darum stand er sofort wieder auf, lief zurück in den Flur, zu einem Telefon, das sich dort befand und wählte die Nummer der Rettung. Gleich nach dem ersten Klingeln, meldete sich eine Dame am anderen Ende und fragte ihn, um was für einen Notfall es sich handelte. Er schrie förmlich die Adresse in den Hörer und das seine Frau Überfallen wurde und verletzt am

Treppenabgang vor dem Haus lag. Dann legte er auf und lief wieder zu Ashley zurück, wobei er merkte, dass es zu kribbeln begann. Während er bei sich noch dachte, dass es viel zu früh ist, dass ihn die Zeitmaschine zurückholte, sah er schon das Rauschen. Mit einem Mal stand er in einem Lehrsaal vor seinen Studenten und das Letzte, was er mitbekam, ist, dass in seinem Kopf, sich alles zu drehen begann.

Kapitel 31

Als Peter erwachte, befand er sich auf der Couch in seinem ehemaligen Büro an der Uni und Francis saß neben ihm. „Na, da erwacht jemand von den Toten. Wie geht es dir?“, hörte er Francis fragen.

„Ich glaube besser, was ist passiert?“

„Du bist im Lehrsaal vor deinen ganzen Studenten in Ohnmacht gefallen.“

„Wie lange war ich weg und wie bin ich hier in mein Büro gekommen?“, war die nächste Frage von Peter.

„Du warst etwas mehr als 10 Minuten bewusstlos und zwei deiner Studenten haben mir geholfen dich hier in das Büro zu bringen. Ich glaube, du übernimmst dich ein wenig, weil du nach deinen Lesungen, bis spät in die Nacht bei deinen Forschungen sitzt. Die Rettung kommt gleich, fahr mit denen mit und lasse dich mal durchchecken.“, war die Antwort von Francis, der ihm dabei mit der Hand den Herzschlag maß.

„Nein keinen Arzt, oder Rettung oder Krankenhaus.“, schoss es nur so aus Peter.

„Aber du solltest...“, begann Francis, wurde jedoch sofort nochmals mit einem „Nein“ von Peter unterbrochen.

Peter bemerkte, dass er neue Erinnerungen hatte und die alten etwas Undeutlicher waren. Er konnte sich schlagartig daran erinnern, dass er vor circa einem Jahr, von zwei Polizisten hier an der Uni einen Besuch bekommen hatte, die ihm mitteilten, dass seine Frau zu Hause überfallen wurde und darum bewusstlos im Krankenhaus lag. Sie spielten ihm eine Tonbandaufnahme des Rettungsdienstes vor, auf dem seine Stimme zu hören war, wie er seine Wohnadresse bekannt gab und meinte, dass seine Frau überfallen wurde und am Treppenabgang liegt. Die Sprachmelodie klang wie seine, aber damals wusste er nichts von seiner Reise in die Vergangenheit, so war ihm jenes selber schleierhaft vorgekommen. Ob die Polizisten ihn deswegen fragten, wo er sich an diesem Morgen aufgehalten habe, weil sie ihm verdächtigten, konnte er ihren Gesichtern nicht entnehmen. Aber als er ihnen erklärte, er hätte hier an der Uni eine Vorlesung gehabt, dass dann durch alle Studenten bestätigt wurde, reichte das den Beamten und sie ließen ihn in Ruhe.

Seine Frau lag zuerst eine Woche im Koma und hatte danach einen Herzstillstand. Die Ärzte meinten, dass so was vorkommen könnte, auch wenn Ashley eigentlich ein starkes und gesundes Herz hatte. Er verstand es zum damaligen Zeitpunkt trotzdem nicht. Jetzt wusst er endlich, was da passiert war. Allem Anschein nach, war dieser Sanders nochmal gekommen und hatte sein Werk vollendet. Da aber Peter kein Mediziner war, hatte er sich mit der These der Ärzte zufriedengegeben und nicht weiter nachgeforscht. Seit diesem Tag ging Peter jedes Mal nach seinen Vorlesungen in seinem Labor und forschte und experimentierte, um sich einfach abzulenken und nicht über den Tod von Ashley nachzudenken.

Die Polizei hatte die Nachbarn befragt, die zwar bestätigen konnten, dass jemand vom Haus der Whellers weggelaufen war, dieser aber von der Körpergröße nicht wie Peter ausgesehen hatte. Leider konnte keiner, wirklich eine gute Beschreibung des Mannes geben, da er einen Hoody anhatte. Und heute wusste er, dass eine Schilderung des Täters, nichts gebracht hätte, da es der Sanders aus der Zukunft war. Er musste zurück in seine Zeit gesprungen aber nochmals gekommen sein, um dann seine Frau endgültig zu ermorden. Dabei wurde alles verändert und Peter in diese Zeitlinie zurückgeholt. In dieser gab es keine Zeitmaschine, die er gebaut hatte. Darum hatte sich sein jetziger Körper, mit dem Körper in dieser Zeitlinie verschmolzen, direkt in den Lesesaal. Und da sein Gehirn ohne Übergang, zwei Erinnerungen verbinden musste, schaltete es so zu sagen in den Standbymodus. Er war ohnmächtig geworden. Joe hatte ihm zwar erzählt, dass er am darauffolgenden Morgen, nach dem er geschlafen hatte, sich auch an beide Zeitlinien erinnern konnte. Als er mit der Zeitmaschine zurückkam, hatte er ja die Abfolge der Lebensgeschichte von Alegra und ihrer Familie verändert. Ebenfalls seine vergangene Interaktion mit ihr. Aber dass das zusammentreffen von zwei Zeitlinien so krass ist, war natürlich auch für Peter neu.

Er setzte sich auf und meinte zu Francis: „Du hast recht, ich werde etwas kürzer treten müssen.“

Kapitel 32

Es sollte ein junger Professor seine Lesungen übernehmen und diesen Nachmittag ging Peter sofort nach Hause, um sein Projekt nochmals zu starten. Als Erstes musste er sich wieder Geld beschaffen, also kramte er in seiner Ideenschublade nach dem Zettel mit der Formel und den weiteren Anmerkungen. Gleich am Abend rief er bei dem Nano Robotik Labor Inc. (NRL) und Dr. Longly an. Dieses Mal musste er zwei Wochen warten, da die Räume gerade besetzt waren, aber danach lief wieder alles so ab wie beim ersten Mal. Nur das er diesmal zwei Tage brauchte, um Erfolg zu haben, da er seine Denkfehler vom letzten Mal kannte. Einen dritten Tag nutzte er, um genug Sonnencreme für die Präsentation herzustellen.

Auch dieses Mal waren wieder die gleichen fünf Konzerne anwesend und es bekam abermals Ortý den Zuschlag. Nur hatte Peter dreimal gepokert und so 35 Millionen plus 5% Gewinnbeteiligung heraus geholt.

Nach einer Woche, nachdem ihm die ersten 15 Millionen ausgezahlt wurden, kaufte er sofort das Feuerwehrhaus. Diesmal um einiges billiger, weil er inzwischen wusste, dass es schon lange zum Verkauf stand und er damit bei der Maklerin den Preis drücken konnte. Etwas, was sie das letzte Mal, erst nach dem Kauf, kurz im Gespräch erwähnt hatte. Indessen Handwerker das Haus zum Wohnen und

Arbeiten Herrichteten, überzeugte Peter, Alegra und Joe nochmals davon, dass sie mit ihm an der Zeitmaschine werken sollten.

Nachdem missglückten Zeitsprung von Peter, und seinem Rückwurf in die jetzige Gegenwart, ohne der Zeitmaschine, wurde alles wieder auf null gestellt. Gleichfalls hatte der Sprung von Joe in die Vergangenheit und das Ändern der Geschichte von Alegra, nicht stattgefunden. Peter konnte sich deswegen jetzt erneut an diese Zeitlinie erinnern und wusste, wer Alegra war. So konnte er wieder mit Alegra und Joe arbeiten. Diesmal konnte er die zwei sogar schneller davon überzeugen, dass sie mit ihm zusammen wirken sollten. Da er Einzelheiten von beiden wusste, die er nur wissen konnte, wenn er mit ihnen, so wie er erzählte, miteinander gearbeitet hatte. Das Einzige, was sich geändert hatte, war, dass seine Frau nicht durch den Autounfall starb, sondern von Sanders später im Krankenhaus auf irgendeine Weise umgebracht wurde.

Zu dem Zeitpunkt, als die Handwerker fertig waren, begannen die drei mit ihrer Tätigkeit, und nach weiteren sechs Wochen war diese getan. Alles ging etwas schneller, da Peter viele Fehler von vornherein ausmerzen konnte. Auch solche Sachen, wie die Glaszylinder schon vor Beginn der eigentlichen Arbeiten zu bestellen.

Drei Monate nach seiner plötzlichen Rückkehr aus der Vergangenheit war es abermals so weit, dass Peter wieder dorthin reisen konnte. Dieses Mal aber mit der Absicht, die Geschichte zu korrigieren.

Kapitel 33

Peter hatte dieses Mal einen Platz auf den Weg zwischen den beiden Hecken, auf der rechten Seite von seinem Haus gewählt. Dieser Weg wurde nur selten, von ihm oder einem seiner Nachbarn, genutzt. Darum hoffte er, hier keinem zu begegnen. Gelegentlich kam Frau Miller mit ihrem Pudel, da sie eine alte Dame in Rente war und deswegen tagsüber Zeit hatte, mit ihrem Hund spazieren zu gehen. Diese ging aber zumeist, baldig am Morgen oder später am Abend. Außerdem hatte er ebenfalls einen früheren Zeitpunkt für sein Erscheinen gewählt, da er letztes Mal zu knapp da war und nicht mehr Sanders daran hindern konnte, Ashley die Spritze in den Hals zu rammen.

Er musste aber nicht allzu lange warten, da sah er ihn schon auf den schmalen Weg zu seinem Haus gehen. Peter hatte sich zwischen zwei Sträuchern der Hecke versteckt, die einen kleinen Abstand hatten. Dieses Mal war er vorbereitet und hatte einen Elektroschocker mitgebracht. Das einzige Problem, das er haben könnte, wäre der Kapuzenpullover den Sanders anhatte. Wen er diesen nicht flink genug herunter zieht um an den Hals von ihm zu kommen, könnte Sanders ihn vielleicht geschwinder überwältigen, als er ihn lahmzulegen vermochte. Er wartete ab, dass Sanders an ihm vorbei war und lief dann schnell aus seiner Deckung heraus. Er versuchte, so leise wie möglich zu sein, in der Hoffnung das er ihn nicht zu früh bemerkt und er rechtzeitig das Gerät an seinen Hals halten und abdrücken könne. Und das gelang auch. Jetzt musste der Elektroschocker nur noch wirken. Er hatte gelesen das es nicht immer den Erfolg erzielt den man sich vielleicht dabei erwünscht. Aber Sanders Körper sackte sofort in sich zusammen und er schien allem Anschein nach bewusstlos zu sein.

Jetzt hieß es, weiterhin schnell zu handeln, da diese Wirkung, laut Hersteller, nur bis zu einer Minute anhalten sollte. Außerdem sollte kein Nachbar, ihn mit dem am Boden liegenden Sanders sehen. Während er ihn aber Hochhieb, merkt er, wie schwer Sanders war, darum blieb ihm nichts anderes übrig, als ihn rasch bei den Beinen zu packen und hinter die Hecke zu ziehen. Dabei stieß sich Sanders den Kopf bei einem Stein, was Peter ein „Entschuldigung" entlockte, aber ebenso den Gedanken, dass er dadurch hoffentlich länger bewusstlos blieb. Darauf zog er ihn den Weg hinter dem Haus entlang, um ihn dort durch das Gartentor auf das Grundstück und weiter in das einfache Gartenhaus zu verfrachten. Das Tor zum Garten war zum Glück nur mit einem kleinen Haken geschlossen, was nicht viel Zeit kostete, um es zu öffnen. Denn er hatte die Angst das ihn jemand der Nachbarn oder erst recht Ashley die ja im Haus war, dabei sehen könnte. Er hatte Glück und es passierte alles unbeobachtet.

Das Gartenhäuschen war zwar nicht geräumig, aber groß genug das zwei Regale an den Wänden standen sowie der Rasenmäher und die Gartenstühle Platz hatten. Er hob einen der Stühle vom Stapel herunter, um auf der kleinen, jedoch ausreichenden

Fläche davor zu stellen und setzte mit letzter Kraft, Sanders auf diesen. Dann nahm er das silberne Klebeband von einem der Regale, das er dort lagernd hatte. Schnell waren die Beine und Hände mit dem Band gefesselt und den Rest wickelte er um den Oberkörper, um damit Sanders am Stuhl zu fesseln. Peter wollte kein Risiko eingehen, so das Sanders sich noch befreien, und gegen ihn ankämpfen könnte. Auf der Seite an der Wand am Boden befanden sich ein paar Wasserflaschen, die er dort stehen hatte, damit er bei der Gartenarbeit jederzeit zum Trinken hatte. Er nahm eine dieser Flaschen, öffnete sie und goss den Inhalt über den Kopf und das Gesicht von Sanders.

Das kalte Wasser brachte ihn schnell wieder zu Bewusstsein. Sanders der anfangs nicht wusste, was ablief und bemerkte, das er gefesselt war, Versuchte, sich von diesen zu lösen. Es war etwas dunkel in der Gartenhütte und deswegen mussten sich seine Augen erst an das wenige Licht gewöhnen, um Peter zu erkennen. In dem Moment, wo er ihn erkannte, konnte dieser seine Überraschung im Gesicht sehen, die aber gleich darauf verschwand und in ein Lächeln überging. Das irritierte Peter jetzt.

Kapitel 34

„Hat es also Funktioniert?“, waren die einleitenden Worte, die er aus dem Mund von Bob Sanders hörte. Das erste Mal, dass er diesen Mann sprechen hörte und seine Stimme klang wie die eines Wiesels, fies und arrogant. Peter erinnerte die Sprechweise, die ihn anwiderte, an die der Wiesel aus *‚Falsches Spiel mit Roger Rabbit‘*. Ein Film, den Ashley liebte und er ihn deswegen, schon oft gesehen hatte.

„Was hat funktioniert?“, war darauf die Frage von Peter.

Sanders konterte mit der Gegenfrage: „Ich nehme an, dass Sie der Peter Wheller aus der Zukunft sind, da der Peter Wheller aus dieser Zeit, eigentlich bei einer Lesung für seine Studenten sein sollte?“

„Okay gut kombiniert, aber das erklärt noch nicht, was funktioniert haben soll?“, war die Entgegnung und Frage von Peter.

„Sie haben augenscheinlich eine Zeitmaschine gebaut.“

Peter befriedigte diese Antwort nicht und stellte die Frage, die ihn überhaupt, von Anfang an, auf der Zunge gelegen war: „Warum haben Sie...“, dann stockt Peter etwas, um gleich darauf mit folgendem Satz fortzusetzen, „oder eigentlich muss ich jetzt sagen, warum wollen Sie meine Frau töten?“

„Damit sie diese Zeitmaschine bauen.“, erklärte Sanders und redete weiter, „Damit Sie das ganze verstehen, werde ich mal ausholen.“

„Ich bitte darum!“, war weiterhin die fragende Erwiderung von Peter.

„Nun gut, aber könnten Sie mich vorher von den Fesseln befreien?“

„Damit Sie mich übertölpeln und erst wieder meine Frau Töten?“, gab Peter zur Antwort, mit einem dazu passenden Gesichtsausdruck.

„Okay, ich verstehe. Bin ich richtig in der Annahme, dass in ihrer Zeit ungefähr drei oder vier Jahre von diesem Tag aus vergangen sind?“, fragte Sanders.

„Nein nur circa etwas um ein Jahr.“

„Wow, nicht schlecht, aber ist ja klar, das wenn der Erfinder des Zeitreisens dabei ist, alles etwas schneller geht.“, war die Rückäußerung Sanders, um darauf weiter auszuführen: „Okay, dann müsste es jetzt, ungefähr in ihrer Gegenwart beginnen, das die Menschen, immer mehr damit Anfangen, ihre Begierden nach Gewalt und Macht direkt auszuleben.“

Dabei sah Sanders das fragende Gesicht von Peter und erwidert darauf: „Es reicht den Leuten nicht mehr ihre Gewaltphantasien, nur in Filmen und Computerspielen voll auszukosten, sie wollen den *‚Kick‘* sozusagen direkt oder Live erleben. Am Anfang noch nicht viele. Aber auf jeden Fall, ist es dann in dreißig Jahren so schlimm, dass eine Gruppe von Wissenschaftlern in Auftrag von Politikern, mit Hilfe Ihrer Veröffentlichung über das Zeitreisen...“. Und weil er an dieser Stelle, wieder das fragende Gesicht von

Peter sah, fuhr er mit folgenden Worten fort: „Sie werden Ihre Aufzeichnungen darüber in fünfzehn Jahren veröffentlichen, aber es wird da noch nicht wirklich viele interessieren. Aber mit Hilfe dieser Aufzeichnungen werden wir versuchen, eine Zeitmaschine zu bauen, dass bei uns fünf Jahre in Anspruch nimmt und dann nicht mehr wirklich helfen wird."

„Bei was helfen?", war wieder die nächste Frage, die Peter ein wirft.

„Der Grund, warum wir begonnen haben die Zeitmaschine zu bauen war, dass wir damit den Menschen die Möglichkeit geben wollten, in die Vergangenheit zu reisen, zu Ereignissen wie den 2. Weltkrieg, Vietnam oder den Sezessionskrieg von 1861 bis 1865. Dort sollten sie dann ihre Gewaltphantasien ausleben."

Peter schüttelte den Kopf bei dieser Aussage.

„Ich weiß, Sie halten nichts davon. Das haben Sie mir gut und deutlich erklärt, während ich schon einmal, in drei Tagen von heute an gerechnet, bei Ihnen direkt war, um vorzuschlagen, dass Sie Ihre Zeitmaschine bereits jetzt bauen. In fünfunddreißig Jahren können es sich nur die Reichen käuflich erwerben, diese Reisen in die Vergangenheit. Da alles dann in den Kinderschuhen steckt und immense Kosten verursacht. Die meisten Leute, die sich das nicht leisten können, machen einfach in der Gegenwart weiter."

„Gewalt mit Möglichkeiten zur Gewalt zu bekämpfen kann nicht die Lösung sein. Heute nicht und nicht in fünfunddreißig Jahren!", wendete Peter ein.

„Das haben Sie auch bei meinem Besuch so vertreten und haben deswegen nicht damit begonnen Ihre Zeitmaschine zu bauen. Darum hat sich in der Zukunft, in meiner Gegenwart, nichts geändert. Da aber unsere Gruppe von Wissenschaftlern und Politikern der Meinung sind, dass dies doch zu einer Lösung führen könnte, habe ich mich entschlossen, heute an diesen Tag zurückzukommen, um ihre Frau zu töten. Ich hatte die Hoffnung, Sie merken, das da, was nicht stimmt und beginnen deswegen die Zeitmaschine zu bauen, um herauszufinden, warum Ihre Frau sterben musste."

Peter musste nur immer wieder seinen Kopf schütteln, über solche Ideen. Anscheinend waren Sanders und seine Kollegen nicht besser, wie all die anderen Leute in der Zukunft.

Peter hörte Sanders noch sagen, der auf sein weiteres Kopfschütteln reagierte: „Es hat ja funktioniert! Sie haben die Zeitmaschine gebaut und jetzt ist bestimmt noch genügend Zeit, um diese mit der Weile, kostengünstig zu bauen. Dann kann auch der Otto Normalverbraucher sie verwenden und dann werden wir ja sehen ob das nicht die Lösung unserer Probleme in der Zukunft …"

Weiter kam Sanders mit seiner Ausführung nicht, denn er begann sich vor den Augen Peters aufzulösen. Gleicherweise spürte er selbst wieder das Kribbeln, um gleich darauf das Rauschen zu sehen. Das Gespräch hatte so lange gedauert, das die Zeit die sich Sanders für seine Reise in die Vergangenheit gegeben hatte, zu Ende war und er in seine Zukunft geholt wurde.

Da Peter abermals die Geschichte verändert hatte, wurde ebenso er in eine neue Gegenwart zurückgeholt. Diese verwirrte ihn in ersten Moment etwas, den er saß unvermittelt auf einer Bank an der Seine und blickte auf die Kathedrale Notre-Dame, deren Dachkonstruktion derzeit wieder aufgebaut wurde, nachdem beim Brand vom 15. auf den 16. April 2019 selbige komplett verbrannt war. Zum Glück saß er, denn der Schwindel, der ihn erfasste war ziemlich stark und er wurde wieder bewusstlos.

Kapitel 35

Nach fünf Minuten wachte Peter auf, mit dem Kopf auf die Schulter von Ashley geneigt. Er konnte noch immer die Kathedrale Notre-Dame sehen, demzufolge war das vorher kein Traum. Ashley grinste ihn an und meinte: „Na, hat dich der Jetlag erwischt?“

Peter der noch etwas benommen war, aber schön langsam alles wieder einordnen konnte, meinte mit einem Schmunzeln: „Ja anscheinend“ und gab Ashley einen innigen Kuss. „Wie lange war ich weg?“, fragte er.

„So um die fünf Minuten vielleicht und was ist mit dir los?“, äußerte sich Ashley mit einem lächeln.

Er war glücklich, denn er hatte seine Frau zurück und entgegnete ihr: „Nichts, ich liebe dich und wollte das nur mit einem Kuss zum Ausdruck bringen.“

„Du hast ja einen Knall.“, kam es aus dem Mund von ihr und dabei lachte sie. Dann wandte sie sich wieder ihrem Buch zu.

Es hatte sich die Gegenwart für ihn geändert, da Sanders scheinbar nicht mehr versucht hatte, seine Frau zu töten. Ashley und er machten dem Augenschein nach endlich die Reise, die er ihr schon so lange versprochen hatte. Einmal in ihrem Leben wollte sie Paris sehen und wenn es nur ein paar Tage wären.

Sie waren tags zuvor mit American Airlines angekommen und es war ihr erster Tag hier in Paris. Ashley wollte heute mal an der Seine mit Blick auf Notre-Dame sitzen und nebenbei den Reiseführer studieren. Dieser war nicht mehr so aktuell, da er aus der Studienzeit der beiden stammte, nachdem Peter ihr damals versprach, dass er sie einmal nach Paris entführen würde. Aber wie Ashley es so fein zum Ausdruck brachte, die wichtigsten Sehenswürdigkeiten, werden schließlich in diesem Buch angegeben sein, sie brauche kein neues.

Das Jahr war in dieser Zeitlinie recht unspektakulär verlaufen. Beide, Ashley und Peter waren ihrer Arbeit nachgegangen und hatten vor zwei Monaten beschlossen, endlich diese Reise zu unternehmen. Es war höchste Zeit, eine Auszeit zu nehmen.

Jetzt wo Peter hier in Paris auf der Bank saß, mit Blick auf Notre-Dame, kam es ihm allerdings komisch vor, dass Sanders schließlich doch nicht versucht hatte, Ashley zu töten. Er war weiterhin entschlossen, die Zeitmaschine nicht dazu zu benützen, Menschen in die Vergangenheit zu schicken, damit sie ihre Gewaltphantasien ausleben könnten. Und es gab in dieser Zeitlinie auch keine. Darum war er ja hier in Paris gelandet und sein Gehirn in Standby Modus gegangen, um die beiden Zeitgedankenstränge in Einklang zu bringen. Kurz kam in ihm der Gedanke auf, dass er eventuell doch nachgeben würde, um diese Zeitmaschine zu bauen, aber diese Vorstellung verwarf er gleich wieder. Es war bis dato nie die Lösung, Gewalt mit Gewalt zu bekämpfen, sagte er sich.

Kapitel 36

Es war der dritte Tag in Paris. Peter und Ashley waren in einem Café, das sich auf der Insel Ile de la Cité mitten auf der Seine befand. Am anderen Ende dieser Insel steht die Kathedrale Notre-Dame. Sie saßen wie in Frankreich oft üblich, an einem dieser Tische für zwei Personen, die sich direkt vor dem Café am Gehsteig befanden und frühstückten Croissant mit Butter und Marmelade, dazu einen starken Espresso. Sie hatten etwas länger geschlafen, waren dann vom Hotel hier her spaziert und haben sich eines der vielen Cafés gewählt, die es auf dieser Insel hier gab. Das Flair dieses Cafés hatte ihnen zugesagt.

Aus heiterem Himmel vibrierte die Glasscheibe hinter ihnen mehrmals hintereinander. Kurz darauf hörten sie ein Grollen, so als würde ein Gewitter aufziehen. Sie hatten den ganzen Morgen aber keine Wolken gesehen und das Geräusch von einem aufziehenden Unwetter war ein klein wenig anders. So machten sie sich weiter kaum Gedanken. Ebenso nicht nachdem später in der Ferne die verschiedensten Sirenen zu hören waren. So was war in einer Großstadt keine Seltenheit, auch wenn es dieses Mal nicht aufzuhören schien, das Einsatzfahrzeuge mit Alarmsirenen unterwegs waren.

Ashley hatte ihren Reiseführer im Hotel am Zimmer vergessen, darum spazierten sie nach ihrem Frühstück wieder zurück. Sie hatten sich im Saint-

Germain des Près einquartiert, dass von Ile de la Cité zu Fuß zu erreichen war, ohne die Metro oder ein Taxi nehmen zu müssen. Sie hatten sich für dieses Hotel entschieden, weil es zentral lag und von der Einrichtung an das Schloss von Versailles erinnerte. Nur die Zimmer waren klein und deswegen drückte die Ausstattung ein wenig, aber sie wollten den Tag ja immer in der Stadt verbringen und die Räumlichkeit nur zum Schlafen verwenden.

Nachdem sie die Lobby erreichten, sahen sie, dass das ganze Hotelpersonal auf einen Fernsehmonitor schaute, der sich in der Eingangshalle befand, um sonst Informationen über Paris oder das Hotel zu zeigen. Jetzt zeigte es aber ein Gebäude das in Brand stand und darunter konnte man was von Paris lesen. Da sie beide nicht Französisch konnten, verstanden sie nur das Wort Paris.

Sie hatten ihre Schlüsselkarte mit und gingen gleich auf ihr Zimmer, um den Fernseher einzuschalten. Auf diesem war schon seit ihrer Ankunft, CNN eingestellt. Für was anderes brauchten sie das Gerät nicht, als einmal am Tag die Nachrichten zu schauen. Selbst auf CNN sah man das brennende Gebäude, nur das jetzt alles in Englisch gesprochen und angezeigt wurde. Die Stimme des Nachrichtensprechers berichtete, dass es eine schwere Explosion in dem Pariser Einkaufscenter Carrousel du Louvre gegeben hatte. Man wisse derzeit nicht, was genau geschehen war, da wegen einstürzender Mauerteile und dem Feuer das zurzeit wütete, vorerst keine Untersuchungen durchgeführt werden könnten. Man gehe zur Zeit von circa 70 Toten und womöglich noch weit mehr Verletzten aus. Dann meinte der Sprecher: „Die Polizei von Paris warnt davor, in die Nähe des Ortes zu kommen, da man nicht wisse, ob nicht auch ein Anschlag dahinter stecke."

Peter schoss die Aussage Sanders durch den Kopf: „Okay, dann müsste es jetzt, ungefähr in ihrer Gegenwart beginnen, das die Menschen, immer mehr damit Anfangen, ihre Begierden nach Gewalt und Macht direkt auszuleben." Ob Sanders das dabei im Sinn hatte, dachte er bei sich, während Ashley die Worte aus dem Mund kahmen: „Oh mein Gott, und das gerade, wo wir in Paris sind."

Kapitel 37

Zwei Tage später ging es für Peter und Ashley wieder zurück in die USA. Sie hatten in der restlichen Zeit nur mehr durch Parks in Paris spazieren können, da alle Sehenswürdigkeiten aus Sicherheitsgründen geschlossen blieben. Man wusste bis dato nicht, ob das im Einkaufscenter ein Anschlag war oder nicht. Ashley hatte es nicht gestört, da es ihr schon reichte, durch die Straßen und Parks von Paris zu flanieren. Der Stadt der Liebe, wie sie es immer wieder Peter gegenüber zum Ausdruck brachte, der das jedes Mal mit einer heftigen Umarmung und einem Kuss erwiderte. Schließlich und endlich, hatte er seine Frau wieder.

Am Flughafen Paris-Charles de Gaulle, im Wartebereich des American Airlines Fluges 185 von Paris nach Boston, gab es einen Fernsehmonitor, auf dem CNN lief. Da hörte Peter, dass Videoaufnahmen der Sicherheitskameras des Einkaufscenters zeigten, dass Jugendliche im Alter von siebzehn bis dreiundzwanzig Jahren, an mehreren Orten im ganzen Center, kleine Sprengladungen hinterlegt oder befestigt hatten. Laut einem Bauingenieur, an Stellen wo sich jedes Mal die Gasleitungen befanden, die sich durch das sämtliche Gebäude zogen. Deswegen hatte jeweils nur eine kleine Sprengung gereicht, um großen Schaden zu verursachen. Den Rest erledigte das explodierende Gas.

Beim Einchecken hatte es beträchtlich gedauert, da die beiden und ihr Handgepäck von Kopf bis Fuß, gründlich durchsucht wurden. Man hatte die Sicherheitsmaßnahmen seit der Explosion im Einkaufscenter nochmals erhöht. In Peter kam deswegen zunehmend der Verdacht auf, dass Sanders mit seiner Aussage: „Okay, dann müsste es jetzt, ungefähr in ihrer Gegenwart beginnen, das die Menschen, immer mehr damit Anfangen, ihre Begierden nach Gewalt und Macht direkt auszuleben.“, möglicherweise Recht hatte und er fing an, über eine Lösung nachzudenken.

Auf keinen Fall würde er eine Zeitmaschine dafür bauen, dass Menschen damit in die Vergangenheit zurückreisen, um sich dort an Gewalt sattzusehen oder selbst Gewaltakte zu verüben. Hierdurch würden sie die Zeitgeschichte verändern. Man stelle sich nur vor, dass durch zu heftiges mitwirken von Personen aus der Zukunft, im Bürgerkrieg der USA von 1861 bis 1865, statt den Nordstaaten die Südstaaten gewinnen und dadurch die Sklaverei in der USA weiterhin aufrecht bleiben würde. Nicht auszudenken, was das für Folgen hätte.

Nachdem er und Ashley im Flugzeug saßen, widmete sie sich ihren Buch *'Der Hundertjährige der aus dem Fenster stieg und verschwand'*. Das hatte sie bei einem der Bouquinisten in Paris an der Seine in Englisch gefunden und gekauft. Die Bouquinisten sind die grünen Holzkästen entlang den Mauern der Uferstraßen an der Seine, wo alte Bücher, Comics, Post- und Landkarten sowie Souvenirs verkauft wurden. Einer dieser Verkäufer hatte diesen Roman und das sogar in Englisch. Ashley hatte ihn auf fünf

Euro herunter gehandelt und so waren beide, sie und der Verkäufer, zufrieden.

Da sie im Buch gedanklich versank, bestellte sich Peter einen Rotwein und fing an, den ganzen Flug lang darüber nachzudenken, wie man das Problem mit der Gier der Menschen nach Gewalt lösen könnte. Er war so in seinen Gedanken versunken, dass er das andauernde Kichern, zurückzuführen auf das lustige Buch das seine Frau las, gar nicht mitbekam.

Kapitel 38

Kaum zuhause, hatte Peter zwar schon grob eine Idee, aber er war damit nicht ganz zufrieden. Darum wollte er es vorerst wieder ad acta legen.

Doch einen Tag später, wurde auf CNN berichtet, dass man einen der Jugendlichen aus Paris festgenommen hatte. Dieser hatte bei seiner Befragung ausgesagt, dass er mit seinen Freunden es mal Live sehen wollte, wie es ist, wenn ein Gebäude in die Luft fliegt. Das dabei im Endeffekt 134 Menschen starben und fasst zweihundert schwer bis leicht verletzt waren, beeindruckte den jungen Mann nur deswegen, weil das sein Ziel war. Reue löste es aber bei ihm keine aus. Im Gegenteil während er vor Fernsehkameras von zwei Polizisten abgeführt wurde, grinste er und zeigte sogar das Victoryzeichen. Da war es dann Peter klar, das Sanders Recht behalten sollte.

Deswegen setzte er sich an diesem Abend, mit seiner Frau gemeinsam auf die Terrasse des Hauses und begann ihr die Geschichte über das vergangene letzte Jahr, zu erzählen. Nach dem Gespräch wusste Ashley zuerst nicht, ob sie sich Sorgen machen oder ihm glauben sollte. Da sie ihn jetzt doch schon 25 Jahre kannte, wusste sie, dass er so seine Spinnereien hatte, und führte das ganze schließlich auf den Jetlag zurück. Dass sich Peter danach für drei Tage in sein Arbeitszimmer zurückzog, machte ihr dann doch etwas Sorgen, und sie rief deswegen

Francis an und bat ihn, mal mit seinem Freund zu reden.

Francis war nach circa einer Stunde bei ihnen im Haus und klopfte an die Tür von Peters Büro. Ashley hatte ihm einen nicht ins Detail gehenden Auszug von der Geschichte ihres Mannes erzählt und ihm einen Teller mit Sandwiches und ein Glas Saft in die Hand gedrückt, da er schon drei Tage nichts gegessen hatte. Er war zwar Gedanken versunken immer wieder auf die Toilette gegangen, und hatte, wie sie hoffte, dort Wasser getrunken, aber zum Essen hatte er sich nicht das Geringste geholt. Da Francis vom Zimmer aus keine Antwort erhielt, öffnete er einfach die Tür und marschierte hinein. Ashley erhaschte dabei einen Blick auf Peter und sah, dass er auch nicht geschlafen hatte, denn er schaute grauenhaft aus.

Sie ging wieder in die Küche und richtete einen Salat und mit Käse überbackene Baguettes her, aber es dauerte schließlich schon eine Stunde, das auch Francis nicht herauskam. Auf Grund desen setze sie sich ins Wohnzimmer und wartete. Dann endlich nach weiteren 30 Minuten öffnete sich die Tür und Francis kam heraus, nachdenklich, aber nicht besorgt wie Ashley in seinem Gesicht zu lesen glaubte.

„Und, was ist mit ihm los?“, fragte sie ungeduldig, als Francis zu ihr ins Zimmer kam, aber nicht gleich etwas sagte.

„Ich glaube, du musst dir keine Sorgen machen. Auch wenn möglicherweise seine Phantasie mit ihm durchgegangen ist, so sind die Aufzeichnungen, die er gemacht und mir gezeigt hat, nicht so abwegig. Er dürfte tatsächlich die Idee zu etwas Sensationellem haben und es könnte Funktionieren.", war Francis Antwort.

Er blieb im Weiteren, um mit ihr gemeinsam den Salat und die mit Käse überbackene Baguette zu essen, die sie nochmals schnell im Backofen aufgewärmte hatte.

Es dauerte weitere 48 Stunden, bis Peter endlich aus seinem Zimmer kam. Man konnte sehen, dass er übermüdet war. Seine Augen waren blutunterlaufen und hatten Ringe, so als hätte ihm jemand zwei Veilchen geschlagen. Aber sein Gesichtsausdruck war glücklich. Nachdem er sich bei Ashley für sein Verhalten entschuldigte, etwas gegessen und geduscht hatte, ging er schlafen. Denn Schlaf war das, was er jetzt unbedingt notwendig hatte.

Kapitel 39

Nachdem er fünfzehn Stunden durch geschlafen, sich nochmals geduscht und dann angezogen hatte, war wieder das Erste, was er tun wollte, Geld zu beschaffen. Darum begann er abermals, mit der Produktion der Sonnencreme.

Ashley war erfreut, dass ihr Mann etwas geschaffen hatte, das nichts mit Zeitreisen zu tun hatte. Das Geld, das sie durch den Verkauf der Formel von Peters entwickelter Sonnenschutzcreme erhalten würden, war ihr nicht wichtig. Das, was danach kam, machte ihr wiederum Sorgen.

Denn nachdem Peter wieder einen Teil des Geldes überwiesen bekommen hatte, kaufte er dieses Mal das Haus gegenüber von seinem. Es wurde vom Sohn der Frau Miller verkauft. Diese musste wegen des fortgeschrittenen Alters, in ein Pflegeheim. Zum Glück war es ein Heim, in dem Haustiere erlaubt waren und so durfte sie ihren geliebten Pudel behalten. Das Haus war für sein jetziges Vorhaben groß genug, es musste nicht mehr das Feuerwehrhaus sein. Ein paar Wände müssten weichen, um so Platz für eine kleinere Zeitmaschine zu schaffen. Trotzdem gab es drei Schlafzimmer, Bad, WC und eine einfache Küche. Das war notwendig, denn neben Alegra und Joe, brauchte er dieses Mal ebenso Frederik, da dieser sich in letzter Zeit in Physik ausgiebig mit Lichtbrechung und

Tarnvorrichtungen beschäftigt hatte. Etwas, das bei der neuen Idee von Peter, von Nutzen sein würde.

Francis war zwar nicht erfreut als Peter von ihm eine Auszeit von der Uni verlangte, doch wollte er seinen Freund selbstverständlich unterstützen. Es gelang Peter, Alegra, Joe und Frederik für sein Projekt zu begeistern. Sie hatten alle drei so ihre Skepsis, dass dies Funktionieren würde, was er da vor hatte. Da sie aber schon bereit waren, mit ihm zusammen zu arbeiten, war es nicht nötig, auf das Wissen zurückzugreifen, dass er von ihnen hatte.

Alle drei nutzten wieder das Angebot Peters und zogen in das ehemalige Haus von Frau Miller ein.

Kapitel 40

Am ersten Abend nach ihrem Einzug hatte Peter, Ashley gebeten, für sie alle ein Essen zu kochen. So könnten sie gemeinsam Abendessen und er sein Projekt, mit ihnen, in einer entspannten und netten Atmosphäre besprechen.

Ashley war zuerst verärgert darüber, aber weil sie ihn liebte, machte sie ihren berühmten Hackbraten mit viel Gemüse dazu. Da sie das Gemüse zusammen mit dem Hackbraten im Backofen langsam schmoren ließ, schmeckte das gesamte Essen allen so gut, das nichts mehr übrig blieb. Es könnte aber genauso daran liegen das Joe und Frederik, zwei Jungs im besten Alter waren, die so und so Berge von Lebensmitteln verdrücken konnten, im Besonderen, wenn es mal etwas warmes und leckeres gab. Peter hatte wieder eine gute Flasche Rotwein aus dem Napa Valley besorgt, der in der Hauptsache Ashley und Alegra mundete.

Zuerst gingen die Gespräche der fünf um allgemeine Themen, wie das Wetter oder was gerade an der Uni anstand. Jedoch, nach dem Joe und Frederik sich eine zweite Portion nachgeholt hatten, was wiederum Ashley freute, begann Peter mit seinen Ausführungen.

„Ihr habt ja alle, das mit Paris mitbekommen?“, fragte er.

Worauf Ashley gleich meinte: „Ja das war und ist schrecklich, wir waren ganz in der Nähe dieses

Einkaufscenter, als diese Jugendlichen es in die Luft sprengten.“

Alegra, Joe und Frederik nickten mit dem Kopf und Alegra brachte zum Ausdruck: „Wie man nur so was machen kann, noch dazu aus reiner Freude am zusehen?“

„Gut, ich habe euch ja davon erzählt das ich das Projekt starten möchte, eine Maschine zu bauen, mit der man eine Kamera in die Vergangenheit schicken kann!“, stellte Peter fest, woraufhin alle drei außer Ashley nickten, denn ihr hatte er nichts über seinen Plan mitgeteilt. Dann setzte er seine Ausführungen fort: „Genau genommen, sind es zwei Projekte. Zum einen, eben diese Zeitmaschine zu bauen, zum anderen auch eine Kamera die 360° rundherum, so wie nach unten und oben filmen kann. Und nicht genug, muss diese Kamera zusätzlich geräuschlos fliegen können und unsichtbar sein.“

Bei dem Satz „geräuschlos fliegen und unsichtbar sein“, schüttelte Ashley wieder innerlich den Kopf, bis sie sah, dass die drei Studenten ganz gespannt den Ausführungen Peters folgten und es scheinbar nicht als Phantasie abtaten, was er ihnen da erzählte.

„Hauptsächlich für das Tarnen der Kamera, so das man sie nicht sehen kann, bist du gefragt!“, meinte Peter in Frederiks Richtung, der darauf sofort mit dem Kopf zu nicken begann.

Alegra die bis jetzt vollends gespannt mitgehört hatte, stellte überraschend die Frage: „Was wollen Sie damit erreichen, mit dieser Zeitmaschine und der fliegenden Rundumkamera?“

Das war etwas, deren Antwort, genauso Ashley interessierte.

„Gute Frage“, antwortete Peter, um dann weiter auszuführen: „Es ist mir klar, dass ihr mich noch nicht ganz versteht. Aber schaut mal. In dem Fall von Paris, gab es ja zum Glück Videoaufzeichnungen von Überwachungskameras, nur das so was, nicht jederzeit der Fall ist. Mit unserer Zeitmaschine möchte ich diese speziell entwickelte Kamera in die Vergangenheit schicken. Und zwar immer dann, wenn man nicht weiß, wie eine Straftat passiert ist. Dabei ist es egal, ob es sich um Mord, Terror beziehungsweise etwas anders handelt, oder wer der Täter war. Die Kamera nimmt daraufhin alles auf und man kann sich den Tathergang im Nachhinein ansehen, so wie den Täter zur Rechenschaft ziehen.“

„Wow“ war fast zeitgleich aus den drei Mündern der Studenten zu hören.

Peter hatte sogar eine weiterführende Idee, die zusätzlich mehr dazu führen wird, dass Gewalttaten zurückgehen sollten. Allerdings wollte er das, den Dreien plus seiner Frau, noch nicht erzählen.

Das, was er aktuell erklärt hatte, reichte mal, dass Alegra, Joe und Frederik mit Begeisterung und vollem Einsatz dabei sein würden. Ebenfalls konnte er sehen, dass sogar seine Frau davon beeindruckt war.

Ashley hatte zwar weiterhin ihre Skepsis, aber was sie in den Augen der drei Studenten sah, hatte sie zumindest so weit überzeugt, dass die Ideen ihres Mannes, möglicherweise doch nicht solche Hirngespinste waren.

Kapitel 41

Gleich am nächsten Morgen begannen sie zuerst mit der Entwicklung eines Konzepts für die Kamera, denn dies würde länger Zeit brauchen als die Zeitmaschine. Die hatte Peter ja jetzt schon dreimal gebaut, wenn man den Bau der ersten kleinen Zeitmaschine und dann der Großen, extra rechnete.

Die Zeitmaschine würden sie dieses Mal nebenbei bauen, beschloss Peter. Zuerst mussten sie das Problem lösen, wie man eine Rundumkamera entwickelt, die geräuschlos fliegt und unsichtbar ist. So ergab es sich, dass alle drei, schon mal bis spät in die Nacht, an verschiedenen Lösungen tüftelten. Doch mussten sie immer wieder feststellen, dass es weitere Probleme gab. Zum Beispiel, wie sollte die Stromversorgung sein, denn man würde zweifelsohne nicht wenig Strom brauchen, um das Ganze am Laufen zu halten. Dann wären die Aufnahmen, irgend wie, von der starken Magnetstrahlung der Zeitmaschine zu schützen, so das man Speicherkarten verwenden könnte, die wenig Gewicht haben und klein sind.

Da Ashley sich weiter um das leibliche Wohlergehen kümmerte, gewann sie die drei Studenten lieb, so als wären es ihre Kinder. Sie und Peter hatten nie über eigene Nachkommen nachgedacht, da sie sich auf ihre Karrieren konzentriert hatten. Aber dieser Gedanke fing ihr an zu gefallen. Wobei sie zugeben musste, dass es natürlich leicht war, Zöglinge zu haben, die bereits aus der Pubertät heraus waren. Ein leibliches Kind, ein Baby zu haben, das dann zu einem Teenager und letztlich zu einem Erwachsenen heranwachsen würde, wäre gewiss wieder ein anderes Kapitel. So freute sie sich, dass sie jetzt diese drei, wie es schien, halbwegs vernünftigen jungen Menschen, verwöhnen konnte. Im Besonderen zu Alegra baute sie ein freundschaftliches, fast mütterliches Verhältnis auf, was gleichermaßen Alegra gefiel. Zu ihrer eigenen Mutter hatte sie nie eines gehabt und schon gar nicht, seitdem sie ausgezogen war. Das Ganze ließ Alegra etwas Abstand, von dem Umstand, das ihre Schwester Selbstmord begangen hatte, bekommen, was sich wiederum gut auf ihre Leistung auswirkte.

Das Bauen der Zeitmaschine lief zwar nebenher, aber war wieder nach sieben Wochen erledigt. Es war dieses Mal ja nur eine kleine Maschine notwendig. Darum wunderten sich Alegra, Joe und Frederik des Weiteren nicht, dass Peter eine zweite Zeitmaschine bauen wollte. Diese sah aber wie ein Backofen aus und hatte zwei rechteckige Zylinder, die am Bauch lagen. Auf die Frage von Joe, was es mit dieser Maschine auf sich habe, zwinkerte ihm Peter nur zu und meinte, er würde es noch früh genug erfahren. Joe störte die Geheimniskrämerei, aber er hatte inzwischen erkannt, dass es bei Peter nichts brachte, wenn man weiter fragte. Daneben nahm die Entwicklung der Kamera langsam Formen an.

Kapitel 42

Mittlerweile waren 6 Monate vergangen. Heute war der Tag an dem Peter gemeinsam mit Alegra, Joe und Frederik, seiner Truppe, wie er sie jetzt bezeichnete, den Polizeichef und den Bürgermeister von Boston, ihr Projekt vorstellen würden.

Es hatte einige Hürden zu nehmen gegeben, um Peters Ideen umzusetzen. Francis war es zum Beispiel zu verdanken, dass sie die Möglichkeit hatten, das Ergebnis zu präsentieren. Er spielte jeden Mittwochabend gemeinsam mit anderen und mit Polizeichef Jester Closen Basketball. So konnte er dieses Treffen einfädeln.

In den letzten Wochen und Monaten war es ihnen gelungen, eine Rundumkamera zu bauen, die kein Geräusch beim Fliegen machte und unsichtbar werden konnte.

Francis, der anwesend war, wollte von Peter wissen, wie sie dieses Wunderwerk in nur 6 Monaten geschafft hatten.

Darauf erklärte er: „Das einfachste war die Anordnung von vielen Kameralinsen in Form einer Kugel. Eine Software im Inneren dieser Kugel, verarbeitet die Bilder. So kann man während des Filmschauens, die Kameraposition innerhalb des Videos verändern. Es ist damit so zu sagen möglich, zu sehen was unten, seitwärts oder gerade oben geschieht.“

„Und das ist euch einfach so eingefallen?“, fragte Francis.

„Nein wir bedienten uns dabei einer Software, die schon große Filmstudios wie Disney verwenden. Die machen damit interaktive Trailer ihrer Filme.“, entgegnet Peter, um dann fortzufahren, „Außerdem befindet sich eine Speicherkarte, die mit einem ferromagnetischen Stoff vor Magnetfeldern geschützt ist, an Bord. Plus ein speziell entwickelter Akku, der bis zu 10 Stunden Strom liefert.“

„Okay, aber das klingt schon nicht einfach.“, konterte Francis.

„O doch. Einiges schwerer war dann schon, diese Kamerakugel zum Fliegen zu bringen, ohne das dabei ein Geräusch entsteht. Antigravitation funktionierte nicht wie viele Experimente anderer Forscher das zeigen. Darum setzten wir auf einen neuen Weg, Antimagnetismus. Zwar ist das Magnetfeld der Erde nur bescheiden, trotzdem ist es uns gelungen, es so zu nutzen, das die Kamera von der Erde abgestoßen wird. Und das noch dazu, so leistungsfähig, dass sie eine Höhe bis zu 100 Meter erreichen kann.“, erklärte Peter weiter.

„Wow, eine Höhe von 100 Metern, klingt gut.“, kam es erstaunt aus Francis Mund.

„Ja, und sollte sie tatsächlich mal in einem Bauwerk mit mehr als 100 Metern eingesetzt werden, wäre das fernerhin kein Problem. Denn ein solches Gebäude ist aus Stahl konstruiert und das kann die Flugvorrichtung der Kamera genauso nutzen, um in der Luft zu schweben.“, ergänzte Peter.

„Und wie habt ihr es geschafft, dass das Gerät unsichtbar ist?“, wollte Francis auch noch wissen.

„Für die Tarnvorrichtung entwickelten wir eine Displayfolie, in die die ganze Kugel eingehüllt ist. Diese ist wiederum mit einem Chip verbunden. Dieser sorgte dafür, dass das jeweilig aufgenommene Bild auf der gegenüberliegenden Seite der Folie, wiedergegeben wird. Noch dazu werden in Echtzeit die Übergänge berechnet, so dass man diese nicht sehen kann. So scheint sie unsichtbar zu sein.“, antwortete er, mit einem gewissen Stolz, Peter. Dann setzte er fort: „Kleine Sensoren und Kristalle, die Licht aussenden, sind ebenso Bestandteil der Folie. Sie leuchten den Schlagschatten der Kugel so aus, dass dieser verborgen bleibt. Die Sensoren mäßen dabei immer die Lichtstärke der jeweiligen Lichtquelle, um das dementsprechende Licht auszustrahlen. Zusätzlich dienen sie dazu, dass die Kamera sich frei in einem Raum bewegen kann, ohne dabei irgendwo anzustoßen. Der Chip übernimmt fernerhin die Aufgabe, Personen zu erkennen und als wichtig einzustufen. Deswegen wird bei den Filmaufnahmen, vornehmlich diesen die Aufmerksamkeit geschenkt.“

„Warum das?“, fragte Francis.

„Ganz einfach! Ist die Kamera einmal in der Vergangenheit, ist diese auf sich alleine gestellt und kann nicht gelenkt werden.“, erklärte Peter.

„Ach ja, klar.“, äußerte sich Francis erstaunt dazu.

Inzwischen hatten die anderen drei, alles aufgebaut. Die beiden Zeitmaschinen, Laptops und extra Monitore. Da erschienen schon der Polizeichef und der Bürgermeister. Das Ganze fand ihn dem Saal statt, in dem die Stadtregierung sonst immer vor die Presse trat. Ein paar wenige Journalisten von kleinen

Zeitungen und ein Team eines unbedeutenden lokalen Fernsehsenders waren gekommen. Und das deswegen, weil Alegra eine kurze Presseaussendung raus geschickt hatte, um dem ganzen einen offiziellen Anstrich zu geben. Francis hatte gemeint, dass der Polizeichef dann eher teilnehmen würde, wenn die Presse anwesend wäre. Peter hatte aber wenig Hoffnung gehabt, dass überhaupt jemand kommt. Um so erstaunter und nervöser war er jetzt.

Kapitel 43

„Sehr geehrter Herr Bürgermeister, Polizeichef Closen, die Leute von der Presse und sonstige die sich heute hier eingefunden haben. Danke für Ihr Erscheinen“, begann Peter mit schwitzenden Händen, seine Rede.

Er war zwar gewöhnt, vor Studenten zu sprechen, die aber kamen, weil sie seine Lesungen hören wollten. Hier war es anders, diese Menschen waren nicht hergekommen, um ihn bei einem Vortrag zuzuhören, sondern infolge einer Presseeinladung. Obwohl der Raum eine beachtliche Größe hatte, wirkte er für ihn, in diesem Moment klein und beengt. Im Speziellen war Closen auf die Bitte von Francis hin, gekommen und der Bürgermeister wiederum auf dessen Einladung. Darum begann Peter die Menschen vor sich zu zählen. Das hatte ihn in solchen Situationen immer geholfen die innere Ruhe zu finden und witziger weiße, sich doch auf seinen vorbereiteten Text zu konzentrieren.

„In den letzten Jahren konnten wir in Boston, erfreulicherweise einen Rückgang der Kriminalität verspüren. Dazu hat nicht unbedeutend der städtische Polizeiapparat, unter der Führung von Ihnen, Polizeichef Closen, beigetragen.“, waren seine weiteren Ausführungen, die er direkt an Closen richtete, der genauso wie der Bürgermeister, auf der Bühne neben den Monitoren stand.

Dieser war darüber sichtlich erfreut. Solche Aussagen, vor der Presse, waren immer gut für ihn. Außerdem standen Bürgermeisterwahlen bevor. Was bedeutet, das der, der gewinnen würde, egal ob der derzeitig amtierende Bürgermeister Johnson oder sein Konkurrent Witherspoon, wieder einen Polizeichef bestimmen musste. Sofern Johnson deswegen jetzt Pluspunkte sammelte, dann würde das für ihn, die sichere Ernennung bedeuten. Peter war das bewusst, und wenn er selbst nichts von Politik hielt, dann fiel ihm dabei immer der Text aus der Bibel ein: *‚Die Zeit, in der Menschen über Menschen herrschen, ist schlecht für den Menschen.‘*, so wollte er jetzt doch erreichen, das sich beide, Closen so wie Johnson, das Ganze anhörten und anschauten.

„Trotzdem gibt es bis auf den heutigen Tag immer Fälle von leichter bis schwerer Kriminalität, die Sie bestimmt auch in den Griff bekommen möchten?“ Dabei nickte der Polizeichef, an den Peter die Frage gerichtet hatte.

„Außerdem zeigt der Fall vor circa sechs Monaten in Paris so wie ein paar weitere hier in der USA, das es eine neue Form von Gewaltakten gibt. Gewaltakte, die nur deswegen gemacht werden, weil gewisse Menschen meinen, diese ausleben zu müssen.“

Dabei kann Peter jetzt ein durchgehendes Nicken oder Kopfschütteln, bei den Personen im Raum sehen, eingeschlossen Closen und Johnson.

„Nun will ich Sie aber nicht mehr länger auf die Folter spannen und präsentiere ihnen zuerst einmal die ‚unsichtbar fliegende Kamera‘!“

Während Peter die drei letzten Wörter aussprach, erschien einen halben Meter über seinem Kopf ein kleiner silberner Ball, in der Größe einer Honigmelone. Dieser war die ganze Zeit schon dagewesen, konnte aber bis dahin von keinem gesehen werden, weil die Kamera im Tarnmodus war.

Peter erfreute sich an dem Erstaunen der Gesichter, die sich durchgehend im ganzen Saal zeigten. Augenblicklich war seine anfängliche Nervosität weg, denn er wusste jetzt, dass er zumindest von einigen im Raum, die Aufmerksamkeit erlangt hatte. Er gab Frederik ein Zeichen, der daraufhin den großen Monitor, der neben ihm stand einschaltete. Darauf sah man die Aufnahmen der Kamera. In diesem Moment das Gesicht und den Kopf von Peter, der froh war, das er genügend Haare hatte, auch wenn diese inzwischen schon beachtlich weiß waren.

„Diese Kamera zeichnet sich aber nicht nur dadurch aus, dass man sie unsichtbar machen kann. Wie Sie sehen können, kann sie gleichfalls fliegen, ohne das man dies hört und sie macht 360° Aufnahmen. Also in alle Richtungen,“, waren die weiteren Ausführungen von Peter. Derweilen konnte man am Monitor sehen, dass der ganze Raum einmal um 360° herum gezeigt wurde, ohne das sich die Kamera von ihren Platz bewegt oder gedreht hätte.

Ein Journalist stellte überraschend die Frage: „Wollen Sie damit einen Überwachungsstaat schaffen, indem Sie unsichtbare, fliegende Kameras in der Stadt herum fliegen lassen?“

Man konnte sehen, wie das Gesicht von Closen, ein wenig an Farbe verlor, weil das Wort

‚Polizeistaat', war nicht förderlich für die Wahlen. Peter entging das nicht und er war auf eine solche Frage schon vorbereitet. Er hatte nur nicht damit gerechnet, dass einer der Journalisten einfach so, im Zuge dessen rausplatzte. Aber egal, er antwortete sofort: „Ich sagte früher, ihnen zuerst einmal die ‚unsichtbare fliegende Kamera' zu präsentieren." Wobei er insbesondere das Wort ‚zuerst' betonte.

„Es bleibt nicht bei dieser einen Präsentation", entgegnete er weiter dem Reporter.

Darauf wendete er sich Closen und Johnson zu: „Denn ich bitte Sie Polizeichef Closen oder Bürgermeister Johnson, über eine Begebenheit in den letzten Tagen nachzudenken. Zum Beispiel, wo sie in einer Besprechung waren, von der alle Wissen dürfen. Es sollte bei dieser keine einzige Kamera dabei gewesen sein, auch keine Überwachungskamera?"

Closen und Johnson, begannen die Köpfe zusammen zu stecken und miteinander zu flüstern. Nach ein paar Minuten, in denen alle Personen im Raum auf sie schauten, drehte sich Closen wieder von Johnson weg und sprach zu Peter: „Vor drei Tagen hatten wir mit Bürgermeister Johnson ein Gespräch, welche Aktionen wir starten könnten, um unsere schöne Stadt Boston noch sicherer zu machen."

„Gut.", sagte Peter darauf, und um zwei weitere Fragen zu stellen: „Um wie viel Uhr war diese Zusammenkunft vor drei Tagen und wo fand sie statt?"

„Um 10:00 Uhr Vormittags, im Büro von Bürgermeister Johnson“, kam die Antwort aus dem Mund von Closen.

Im Hintergrund hatte Alegra angefangen, die Daten in ihren Laptop einzugeben. Frederik suchte nebenher, die genauen Längen- und Breitengrade sowie die Höhenmeter des Büros, vom Bürgermeister. In der Folge wurden diese am Monitor seines Laptops angezeigt und Alegra gab sie in ihren ein. Peter hatte sich inzwischen zu ihnen umgedreht und fragte, nachdem er sah, das Alegra aufhörte, Daten einzugeben: „Habt Ihr alles, kann es losgehen?“

Daraufhin nickten beide und Peter meinte nur mehr: „Dann lasst uns beginnen!“ Und die Kamera flog unvermittelt Richtung Joe, der bei der Zeitmaschine stand.

Kapitel 44

Während die Kamera in der Zeitmaschine schwebte, war den Anwesenden im Raum nichts aufgefallen. Außer, dass die Maschine kurz mal vibrierte und das Licht der Lampen im Saal geflackert hatte. Das Flackern war darauf zurückzuführen, dass das Gerät einen Großteil des Stroms vom Gebäude verwendete. Das Ganze dauerte eine Minute.

Es war ihnen gelungen, die neue Zeitmaschine so zu bauen, dass sie weniger Energie brauchte als ihre Vorgänger. Bei der Kühlung benutzten sie jetzt flüssigen Stickstoff. So war das ganze Handlicher und konnte ohne Gefahr von jeder eingeschulten Person angewandt werden.

Das flackernde Licht hatte zwar die Anwesenden im Raum etwas umherschauen lassen, indes beeindruckt waren sie von dieser Vorführung nicht. Das würde später kommen. Sie mussten ein, zwei Minuten warten, bis die Kamera die Daten per Bluetooth an den Laptop von Frederik geschickt hatte. Als dieser seinen Daumen erhob, begann Peter, wieder zu den Anwesenden zu sprechen: „In den letzten Minuten, haben sie gerade mal ein Flackern des Lichts bemerkt. Ich nehme an, das hat sie nicht beeindruckt. Nur, während für uns drei oder vier Minuten vergangen sind, waren es für unsere Kamera fünfzehn Minuten und diese nicht hier in diesem Raum, sondern vor drei Tagen, im Büro des Bürgermeisters, in der Zeit von 10:15 bis 10:30.“

Die Journalisten schauten ungläubig und schüttelten teilweise den Kopf. Zwei begannen schon ihre Sachen zu packen und wollten sich von ihren Stühlen erheben. Da erschienen am Monitor der Polizeichef und der Bürgermeister, wie sie an dessen Schreibtisch sich gegenüber saßen. Sie unterhielten sich über Sicherheitsmaßnahmen. Closen und Johnson, die bis jetzt neben dem Bildschirm auf der erhöhten Plattform gestanden hatten, stiegen von dieser, um das was am Monitor dargeboten wurde mit zu verfolgen. Die beiden Journalisten, die aufgestanden waren, saßen wieder und verfolgten das Gespräch. Es handelte sich darum, dass Closen folgenden Vorschlag machte: „Was haltest du davon, eine Aktion zu starten, wo jeder ungefragt seine Waffen abgeben könnte. Wir können dafür Geld oder Gutscheine für Lebensmittel anbieten, wenn dass das Stadtbudget zulässt. So bekommen wir bestimmt einige der illegalen Schusswaffen von den Straßen von Boston weg."

Man konnte sehen, dass sich die Kameraposition, einen halben Meter über den Köpfen der beiden befand. Frederik war bemüht, immer das Gesicht desjenigen zu zeigen der redete.

Als nach fünfzehn Minuten das Gespräch abrupt aus war, kam die erste Frage einer Journalistin, an Johnson: „Herr Bürgermeister, stimmt es, das Sie eine Aktion starten, in der Sie illegale Waffen, ohne nachzufragen, zurückkaufen möchten?"

Bürgermeister Johnson, schickte Peter einen Blick, als würde er ihm am liebsten auffressen. Gab dann jedoch sofort der Journalistin eine Antwort.

„Ja es stimmt, dass Polizeichef Closen und ich eine solche Aktion planen. Wir wollten dies aber erst nach der Wahl in drei Wochen, wenn ich wiedergewählt werden sollte, verkünden. Denn ich wollte aus dieser Kampagne keinen Nutzen für die Wahl ziehen."

Peter, der sich über den Blick von Johnson nur wundern konnte, weil schließlich und endlich hatte er ausdrücklich gesagt, dass er und Closen eine Situation wählen sollte, von der jeder wissen könnte, sah darin wieder die Scheinheiligkeit der Politiker. Wahrscheinlich hatte Johnson sehr wohl vor gehabt, das vor der Wahl zu verkünden. Denn bestimmt bringt ihm das bei den Wählern Pluspunkte, dachte Peter bei sich, da fuhr dieser mit der Aussage fort: „Aber da es ja jetzt schon mal öffentlich ist,..."

Peter konnte im Augenwinkel sehen, das der persönliche Wahlberater vom Bürgermeister, der sich noch auf dem Podium befand, Richtung Johnson gehen wollte, um ihn anscheinend an einer Aussage zu hindern. Aber Johnson machte eine kleine Handbewegung in seine Richtung und er blieb sofort stehen. „...kann ich Ihnen mitteilen, das wir diese Aktion in den nächsten Wochen oder Monaten durchführen werden, weil Polizeichef Closen...", und dabei gab Johnson seine rechte Hand demonstrativ auf die Schulter von Closen, „... und ich absolut der gleichen Meinung sind, dass diese Aktion unsere Straßen sicherer machen wird!"

In diesem Moment, wie als wäre es abgesprochen, nickte Closen mehrmals befürwortend und sagte in Richtung der Journalisten: „Ich kann unserem Bürgermeister nur zustimmen. Alle

Erfahrungswerte, die andere Städte mit solchen Aktionen gemacht haben, waren nur positiv. Gewaltverbrechen in denen eine Waffe im Spiel war, haben danach immer sofort abgenommen, oft bis zu 33%."

Johnson setzte fort: „Sie sehen, wir machen unser möglichstes, damit unsere Stadt noch sicherer wird."

Die Journalisten hatten mit einem Mal ein begeistertes Gesicht und Peter nutze das, um die ganze Situation wieder auf seine Seite zu ziehen. Er hatte ja nicht gewusst, dass die beiden eine Besprechung mit einer solchen Tragweite wählen würden.

„Herr Bürgermeister Johnson, können sie mir bestätigen, dass bei diesem eben gezeigten Gespräch keine Kamera dabei war? Ja das Sie auch unsere Kamera nicht gesehen haben?"

„Ja, das kann ich bestätigen.", antwortete Johnson.

Schon wieder in einen netteren Ton, weil er die Situation ausnutzen hatte können. Alles im allem, hatte er sein Vorhaben vor der Wahl verkünden können und sich trotzdem als derjenige Wohltäter darstellen können, der nie im Leben, dies für seine Wahl ausgenutzt hätte.

„Und können Sie bestätigen, dass wir erst heute, hier bei der Präsentation unseres Projekts von Ihnen diesen Termin von vor drei Tagen bestätigt erhalten haben? Also keiner von uns, ich nicht und auch keiner meiner Leute, von diesen Gespräch zwischen Ihnen und Polizeichef Closen wissen konnte?"

Auch das bejahte Johnson, worauf Peter zu den Journalisten gerichtet weitersprach: „Sie alle waren heute Zeuge davon, das meine Truppe und ich, eine unsichtbare fliegende Kamera, vor Ihnen, drei Tage in die Vergangenheit geschickt habe. Dabei machte sie Aufnahmen von Bürgermeister Johnson und Polizeichef Closen. Ich sehe jetzt Ihre fragenden Gesichter. Nun, wir haben hier erstens, eine Kamera, die man nicht sehen und hören kann. Zweitens macht sie Aufnahmen in einer Rundumsicht, und drittens gibt es eine Zeitmaschine mit deren Hilfe wir diese in die Vergangenheit schicken können. So kommen wir jetzt dazu, warum wir Sie, Polizeichef Closen eingeladen haben, dabei zu sein. Damit können wir in Zukunft Aufnahmen von Gewaltverbrechen machen während diese geschehen. Dadurch kann sowohl der Tathergang und gleicherweise der Täter genauestens nachvollzogen und ihrer gerechten Strafe zugeführt werden!“

Jetzt war sogar er sich wie ein Politiker vorgekommen, und seine Ansprache löste bei den anwesenden Journalisten obendrein Beifall aus.

Kapitel 45

Trotz des Missgeschicks, das die Aufnahmen von Closen und Johnson, dieser für Wahlwerbung gebrauchte, gelang es Peter, beide zu überzeugen. Die Polizei von Boston nutzte in Zukunft die Zeitmaschine mit der Kamera zur Verbrechensaufklärung.

Dadurch gab es bereits 6 Monate nach Einsatz der Maschine eine Aufklärungsrate von 100%. Das führte wiederum dazu, dass die Verbrechen mehr und mehr abnahmen. Man konnte sich ja niemehr sicher sein, nicht gefasst zu werden. Nach dem positiven Erfolg in Boston wollten auch andere Städte der USA eine solche Zeitmaschine, die inzwischen Enlightenment ONE genannt wurde.

Enlightenment Inc. hieß die Firma, die Peter zusammen mit seiner Truppe gegründet hatte. Und unter diesem Namen wurden dann die Patente eingereicht und alles hergestellt.

Ein Jahr danach präsentierte Enlightenment Inc. auf der ISC West Las Vegas, dieses Mal unter der Leitung von Alegra die Enlightenment TWO. Diese beinhaltete die zweite zusätzliche Zeitmaschine, die wie ein Brotkasten aussah. In der wurden die Unterlagen einer Untersuchung eines Deliktes, plus dem dazu gehörigen Film, in die Vergangenheit geschickt. Und zwar zu einem dafür, extra eingesetzten Sonderkommando. Dieses konnte dann, bedingt durch das Wissen über den genauen

Tatvorhergang eingreifen, bevor ein Verbrechen ausgeführt wurde.

Das führte dazu das Gewaltverbrechen, die aus dem Affekt geschahen, abnahmen. Es wurde deswegen ein eigenes Gesetz im Senat von Washington DC verabschiedet. Das Erlaubte, die Filmaufnahmen der Tat als ‚Geschehen' zu betrachten. Aus diesem Grund wurden Täter, anfänglich immer vor Gericht abgeurteilt. Erst später entschloss man sich dazu, so genannte Rehabilitierungseinrichtungen zu bauen. Dann wurde man nur bei Wiederholung einer Straftat, zu Gefängnis verurteilt.

Peter schied nach zwei Jahren aus dem aktiven Dienst der Firma. Er zog mit Ashley in ein Haus an der Küste von Massachusetts, um mehr Zeit mit ihr zu verbringen. Der Tod Ashleys in den Zeitlinien davor hatte ihn erkennen lassen, was wahrlich wichtig ist. Zeit, für seinen Ehepartner zu haben. Aber um nicht gänzlich ohne Arbeit zu sein, gab er einmal im Monat, weiterhin an der Harvard-Universität, eine Lesung, und zweimal im Jahr besuchte er für ein paar Tage den Hauptsitz von Enlightenment Inc. in Kalifornien.

Die Firma selbst wurde von Alegra, Joe und Frederick weiter geführt. Sie expandierten zuerst nach Kanada und Südamerika, bis im Endeffekt fast alle Länder der Erde die beiden Zeitmaschinen in der Verbrechensbekämpfung verwendeten.

•

•

•

•

•

Epilog

• Danke, dass Du mein Buch gelesen hast. Ich würde mich freuen, wenn Du mir eine positive Bewertung auf dem Bücherportal gibst, wo Du mein Buch gekauft hast.

•

• Bedanken möchte ich mich auch bei allen, die mich bei meinem Projekt unterstützt haben.

• Demnächst wird dann mein zweiter Roman erscheinen, mit dem Titel „Alles begann mit Flug UA93“.

• Ein Science-Fiction-Roman über eine kleine Veränderung in unserer Menschheitsgeschichte.

• Neues erfährt ihr auf meiner Homepage – benjamin-raunegger.Info

• oder auf Facebook unter – facebook.com/rauneggerbenjamin/

•

•

•

•

•

•

•

Printed in Poland
by Amazon Fulfillment
Poland Sp. z o.o., Wrocław

31941802R00099